Kadokawa Fantastic Novels

加速世界

26 裂天征服者

川原 礫

插畫 / HIMA

京武智周
白樺之森學園國中部三年級生。
學生會會長。
小清水理生
白樺之森學園國中部三年級生。
學生會副會長。
越賀菪
在「震盪宇宙」幹部集團
「七矮星（Seven Dwarfs）」位列第三，
對戰虛擬角色是「Rose Milady」。

鷺洲愛里
私立聖永恆女子學院國中科三年級生。
學生會副會長。
約赫爾特七七子
私立聖永恆女子學院國中科一年級生。
學生會書記。

Silver Crow
曾是新生「黑暗星雲」團員，
但現在是「震盪宇宙」的團員。
是加速世界中唯一擁有「飛行能力」的人物。

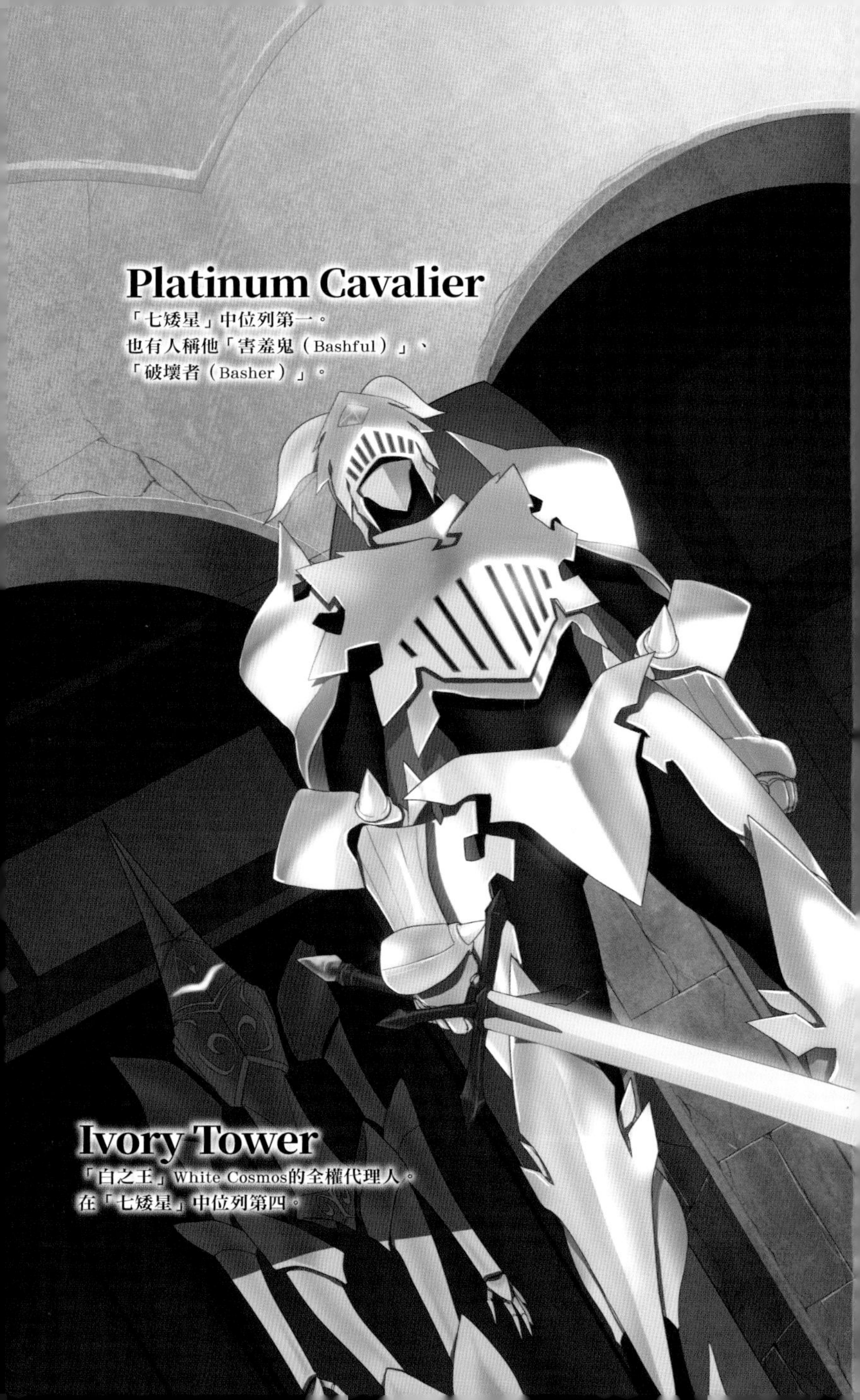
Platinum Cavalier
「七矮星」中位列第一。
也有人稱他「害羞鬼（Bashful）」、
「破壞者（Basher）」。
Ivory Tower
「白之王」White Cosmos的全權代理人。
在「七矮星」中位列第四。

黑雪公主
新生「黑暗星雲」軍團長。
梅鄉國中學生會副會長。
對戰虛擬角色是「Black Lotus」

春雪

位於校內地位金字塔最底層的少年。
對戰虛擬角色是「Silver Crow」。

「加速世界」軍團領土MAP Ver.4.0

私立聖永恆女子學院

位於港區第三戰區的國小國高中一貫制女校，通稱「永女」。是有著一百三十年歷史的名校，也是震盪宇宙的大本營，Rose Milady（越賀莟）等多名震盪宇宙的核心成員就讀該校，同時也是「加速研究社」的總部。

末日神特斯卡特利波卡

從「太陽神印堤」內部出現，身高超過一百公尺的巨人型超級公敵。已確認攻擊手段有右手發出的重力波「第五月（Toxcatl）」、從左手發出的紅蓮火焰「第九月（Miccailhuitontli）」，以及等級吸收。根據白之王的說法，其實力更在四聖與四神的總計之上。

加速世界

Accel World

26 裂天征服者

川原 礫

插畫 / HIMA

Kadokawa Fantastic Novels

■黑雪公主＝梅鄉國中的學生會副會長，是個清純又聰慧的千金小姐，真實身分無人知曉。校內虛擬角色為自創程式「黑鳳蝶」，對戰虛擬角色為「黑之王」＝「Black Lotus」（等級９）。

■春雪＝有田春雪。梅鄉國中二年級生，體型略胖，遭人霸凌。對遊戲很拿手，但個性內向。校內虛擬角色為「粉紅豬」，對戰虛擬角色為「Silver Crow」（等級５）。

■千百合＝倉嶋千百合。跟春雪從小就認識，是個愛管閒事又活力充沛的少女。校內虛擬角色為「銀色的貓」，對戰虛擬角色為「Lime Bell」（等級4）。

■拓武＝黛拓武。跟春雪及千百合從小就認識，擅長劍道，對戰虛擬角色為「Cyan Pile」（等級５）。

■楓子＝倉崎楓子，曾參加上一代「黑暗星雲」的資深超頻連線者。前「四大元素(Elements)」之一，司掌風。因故過著隱士般的生活，但在黑雪公主與春雪的勸說下回歸戰線。曾傳授春雪「心念」系統。對戰虛擬角色是「Sky Raker」(等級8)。

■謠謠＝四埜宮謠。參加上一代「黑暗星雲」的超頻連線者。名列「四大元素（Elements）」之一，司掌火。是松乃木學園國小部四年級生。不但能運用高階解咒指令「淨化」，還很擅長遠程攻擊。對戰虛擬角色為「Ardor Maiden」(等級7)。

■Current姊＝正式名稱為Aqua Current，本名冰見晶。是前「黑暗星雲」旗下的超頻連線者「四大元素（Elements）」之一，司掌水。人稱「唯一的一（The One）」，從事護衛新手的「保鑣（Bouncer）」工作。

■Graphite Edge＝本名不詳。是前「黑暗星雲」旗下的超頻連線者「四大元素」之一，真實身分至今仍然不詳。

■神經連結裝置＝以量子無線方式與大腦連線，透過影像與聲音等方式，對所有感官都能提供訊息的攜帶型終端機。

■BRAIN BURST＝黑雪公主傳給春雪的神經連結裝置內應用程式。

■對戰虛擬角色＝玩家在BRAIN BURST內進行對戰之際所控制的虛擬角色。

■軍團＝Legion。由多名對戰虛擬角色組成的集團，以擴張占領區域及確保利權為目的。主要軍團共有七個，分別由「純色七王」擔任軍團長。

■正常對戰空間＝指進行BRAIN BURST正規對戰（一對一格鬥）用的場地。儘管有著直逼現實的高規格重現度，但遊戲系統則與上個世代的格鬥遊戲相差無幾。

■無限制中立空間＝只允許4級以上對戰虛擬角色進入的高等級玩家用場地。其中的遊戲系統規模遠超出「正常對戰空間」之上，自由度比起次世代VRMMO遊戲也毫不遜色。

■運動指令體系＝用以控制虛擬角色的系統，正常情形下對於虛擬角色的控制都由這個系統處理。

■想像控制體系＝透過堅定想像意念（Image）來控制虛擬角色的系統。運作機制與正常的「運動指令體系」大不相同，只有極少數人懂得如何運用，是「心念」系統的精要。

■心念（Incarnate）系統＝干涉BRAIN BURST的想像控制體系，引發超越遊戲格局之現象的技術。又稱做「現象覆寫（Overwrite）」。

■加速研究社＝神祕的超頻連線者集團。不把「BRAIN BURST」當成單純的對戰遊戲而另有圖謀。「Black Vise」與「Rust Jigsaw」等人都是這個社團的成員。

■災禍之鎧＝名喚Chrome Disaster的強化外裝。一旦裝備上去，就可以使用吸取目標ＨＰ的「體力吸收」與透過事前運算來閃避敵方攻擊的「未來預測」等強力技能，但鎧甲擁有者的精神會遭到Chrome Disaster污染，進而完全受到支配。

■Star Caster＝Chrome Disaster所拿的大劍，有著凶惡的造型，但原本的外形可說名符其實，是一把意象莊嚴，有如星星般閃閃發光的名劍。

■ISS套件＝IS模式練習用（Incarnate System Study）套件的縮寫。只要用了這種套件，任何超頻連線者都能夠運用「心念系統」。使用中會有紅色的「眼睛」附在虛擬角色的特定部位上，散發出來的黑色鬥氣就是象徵「心念」的「過剩光(Over Ray)」。

■「七神器」(Seven Arcs)＝指「加速世界」中七件最強的強化外裝。包括大劍「The Impulse」、錫杖「The Tempest」、大盾「The Strife」、形狀不詳的「The Luminary」、直刀「The Infinity」、全身鎧「The Destiny」與形狀不詳的「The Fluctuating Light」。

■「心傷殼」＝包覆對戰虛擬角色根源所在之「幼年期精神創傷」的外殼。據說若外殼格外堅固厚重，安裝BRAIN BURST後就會塑造出金屬色的對戰虛擬角色。

■「人造金屬色」＝不是從玩家的精神創傷中自然誕生，而是由第三者加厚其「心傷殼」，人為創造出來的金屬色虛擬角色。

■「無限EK」＝無限Enemy Kill的簡稱。是指在無限制中立空間因強力公敵導致對象虛擬角色死亡，經過一段時間復活後再次被殺，陷入無限地獄的迴圈。

Accel World

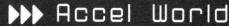

對戰虛擬角色&公敵名單

黑之團：黑暗星雲

暫定軍團長：Black Lotus（黑雪公主）

暫定副團長：Scarlet Rain（上月由仁子）

四大元素（Elements）
- 風：Sky Raker（倉崎楓子）
- 火：Ardor Maiden（四埜宮謠）
- 水：Aqua Current（冰見晶）

Lime Bell（倉嶋千百合）
Cyan Pile（黛拓武）
Silver Crow（有田春雪）
Chocolat Puppeteer（奈胡志帆子）
Mint Mitten（三登聖實）
Plum Flipper（由留木結芽）
Magenta Scissor（小田切累）
Trilead Tetraoxide
Centaurea Sentry（鈴川瀨利）

三獸士（Triplex）
- 第一人：Blood Leopard（掛居美早）
- 第二人：Cassis Mousse
- 第三人：Thistle Porcupine

Blaze Heart
Peach Parasol
Ochre Prison
Mustard Salticid
Lavender Downer
Iodine Sterilizer

從長城借調
- Ash Roller（日下部綸）
- Bush Utan
- Olive Glove

藍之團：獅子座流星雨

軍團長：Blue Knight

雙劍（Dualis）
- Cobalt Blade（高野內琴）
- Mangan Blade（高野內雪）

Frost Horn
Tourmaline Shell
Cerulean Runner

綠之團：長城

軍團長：Green Grandee

六層裝甲（Six Armor）
- 第一席：Graphite Edge
- 第二席：Viridian Decurion
- 第三席：Iron Pound
- 第四席：Lignum Vitae
- 第五席：Suntan Chafer
- 第六席：???

Jade Jailer

黃之團：宇宙祕境馬戲團

軍團長：Yellow Radio

Lemon Pierrette
Saxe Lauder

紫之團：極光環帶

軍團長：Purple Thorn

Aster Vine

白之團：震盪宇宙

軍團長：White Cosmos

七矮星（Seven Dwarfs）
- 第一人：Platinum Cavalier
- 第二人：Snow Fairy
- 第三人：Rose Milady（越賀莟）
- 第四人：Ivory Tower
- 第五人：???
- 第六人：Cypress Reaper
- 第七人：Glacier Behemoth

Shadow Croaker
Orchid Oracle（若宮惠）

加速研究社

Black Vise
Argon Array
Dusk Taker（能美征二）
Rust Jigsaw
Sulfur Pot
Wolfram Cerberus（災禍之鎧Mark II）

演算武術研究社

Aluminum Valkyrie（千明千晶）
Orange Raptor（祝優子）
Violet Dancer（來摩胡桃）
Iris Alice（莉莉亞・烏莎喬瓦）

所屬不詳

Avocado Avoider
Nickel Doll
Sand Duct
Crimson Kingbolt
Lagoon Dolphin（安里琉花）
Coral Merrow（糸洲真魚）
Tin Writer

公敵

四聖

大天使梅丹佐（芝公園地下大迷宮）
大日靈天照（東京車站地下迷宮）
曉光姬烏莎斯
太靈后西王母

「四方門」的四神

東門：青龍
西門：白虎
南門：朱雀
北門：玄武

「八神之社」的八神

???

最高位Being

女神倪克斯（代代木公園地下大迷宮）
巫祖公主鉢里
暴風王樓陀羅

神獸級公敵

太陽神印堤（末日神特斯卡特利波卡）

1

【HERE COMES A NEW CHALLENGER!!】

春雪冷靜地瞥向這籠罩在深紅色火焰中的字串。

他不是沒有感受到對戰前的亢奮，但腦髓卻像冰柱一樣冰冷。他維持平靜的情緒與思考，等待自己被傳送往對戰空間。

當字串燃燒殆盡，一股下墜感來臨。春雪在無限的黑暗中下墜，雙腳碰上了堅硬的平面。緊接著，原已轉黑的視野恢復了亮度與彩度。

受到「挑戰」時，春雪正為了去梅鄉國中上學而走在青梅大道上。所以，無論眼前出現的風景，還是概略的地形，都維持原樣。然而道路的柏油殘破龜裂，並排在左右的混合大樓與住宅大樓，也都像受了烈火摧殘似的處處焦黑。而在現實世界中理應蔚藍的萬里晴空，則被翻騰流動的黃色沙塵遮住。

這是自然系火屬性低階的「焦土」空間。

春雪瞬間掌握到這些資訊，將視線對向重疊顯示在視野正中央的導向游標上。淡水藍色的三角形指向西南方，頻頻震動。對戰對手似乎正直線拉近距離，但從導向游標的色彩來看，離接觸應該還得花上一些時間。

最後，他看向視野右上方。顯示在體力計量表下方的敵方虛擬角色名稱，是「Zelkova Verger」。兩個單字都不是國中會學到的，但春雪看得懂意思。Zelkova是指櫸樹，Verger則是衛兵。也就是「櫸樹衛兵」……然而意思並不是保護櫸樹的人，而是對方本人的屬性是櫸樹。

春雪明明是第一次和Zelkova Verger對戰，卻能知道得這麼清楚並非湊巧。是這幾天來，他為了記住在東京近郊活動的超頻連線者而日夜努力的成果。

當然以往他也並非不做同樣的努力，但對象主要侷限於七大——不，是扣掉黑暗星雲的六大軍團團員。然而這次，中小軍團及自由超頻連線者，也都納入了要記的對象當中。由於總數達到一千人左右，而且日常還得背誦數學公式與歷史年號等等，背起來絕非易事，但他並不處在可以說這種喪氣話的立場或狀況。

眼前，到今天為止，他勉強記住了約五百人的超頻連線者名稱、所屬與特徵，而Zelkova Verger包含在其中，可說是個好兆頭。Zelkova是以從西側臨接杉並區的三鷹市為據點的小規模軍團「Gallant Hawks」的團員，而會從西南方出現，多半就表示對方是搭乘京王井之頭線，遠征——雖然並未遠到足以稱為遠征——過來杉並第三戰區的吧。

明明就在隔壁區，過去卻都沒有機會對戰，單純是因為春雪並未為了對戰而前往三鷹，以及在黑暗星雲領土所在的杉並區內，他都受到了拒絕挑戰特權的保護。

然而，就在三天前的七月二十四日，他的這個權利遭到了剝奪。

春雪將這差點開始回溯過去的思緒拉回正題。現在他得專注在眼前的戰鬥才行。

Zelkova Verger是男性型，等級是6。春雪的Silver Crow也是6級，所以如果照「同等級同潛力原則」來說，雙方對戰虛擬角色的能力不會有太大的差異。勝敗將取決於超頻連線者自身的知識、經驗、洞察力與判斷力，以及創意。

敵方仍然持續直線接近。能在有著許多大樓與住宅密集的杉並第三戰區這樣行動，是因為焦土空間內的大部分建築物，都處於只剩地板與柱子的骨架狀態，燒剩的牆壁也遠比看上去的樣子要脆弱。如果是重量級虛擬角色，只要往前衝，就幾乎能夠粉碎所有牆壁，而且還能同時累積到必殺技計量表。

但Silver Crow雖是金屬色角色，卻屬於輕量級，如果只是往前跑，撞不穿較厚的牆壁。要累積必殺技計量表，就只能用拳擊或踢腿來破壞打得壞的牆壁，然而——

春雪想到這裡，視線往上一瞥。

光是視野內可見的部分，就有七八個觀眾，盤據在鋼骨外露的大樓群天台上。他們當中，應該也有人打算等Zelkova和春雪的對戰一打完，就要接著挑戰吧。儘管Silver Crow的規格早就已經人盡皆知，但自己沒有義務連戰鬥開始前的準備行動（Routine）都讓他們看去。

視線再度拉回導向游標，發現水藍色已經漸漸變得相當鮮明。春雪估算出與Zelkova的距離剩下五百公尺左右，於是開始沿著青梅大道往西奔跑。

很快地，他在去路上看到一個比較大的路口。只要往前直線前進，就可以進入梅鄉國中的校門，但在對戰空間裡上學也沒有意義。將敵人引進自己熟悉地形的地方，固然是有效的戰法之一，但也會伴隨著暴露真實身分的危險。

春雪在路口左轉，進入五日市大道後，提高了跑動速度。

只要先前進一點距離，然後隨意找個路口左轉，應該就能繞到破壞左手邊住宅區往前衝刺的Zelkova背後。然而對方當然也會察覺到春雪想繞到他背後，理應會修正行進路線。

浮現在春雪視野中的導向游標，微微加快了轉動速度。是Zelkova將行進路線往左調整了。同時春雪也往左轉，跑進了住宅區裡的狹小巷道。他的行動應該也已經透過導向游標而被Zelkova得知，但這當中就有著設下圈套的餘地。

焦土空間的建築物全都是燒剩的殘骸，但仍留有一定程度的牆壁或圍牆，所以在密集的住宅區，視線會受到阻隔。對戰者只能透過導向游標的微妙動作預測敵人的位置與動向，設法先發制人，但如果太專注，就會忘記一個基本規則。

那就是導向游標只會在平面上旋轉三百六十度，不對應上下高度。

「……嘿！」

春雪在小巷子裡前進一小段路的地方，隨著一聲小聲呼喝，蹬地而起。

他以半毀的圍牆與焦黑的庭木為踏腳處，跳上了兩層樓的民宅屋頂。這時只要有一瞬間的靜止，計謀就有可能被Zelkova察知，所以春雪以和先前一樣的速度，從林立的民宅上，不斷從一處屋頂跳向另一處屋頂前進。

如果是其他建築物比較牢固的空間，「屋頂間躍進」會是很常用的移動技巧，但在焦土空間裡，難度就會大幅攀升。如果是鋼筋水泥的混合大樓或社區大樓，就算是焦黑的屋頂也不會輕易崩塌，但民宅的屋頂強度只和較厚的紙箱差不多，連超輕量級的虛擬角色也會輕易踏穿。

因此，春雪之所以能夠在屋頂上跳躍著行進而不落下，是多虧了他新的師父，不，是「師範」派給他的超高水準課題。

以右腳踏上水面，在腳沉入之前踏出左腳。反覆這樣的動作，在水面上前進十步。這課題會讓人想抗議，覺得怎麼想都辦不到，但聽師範說，她很久以前就已經辦到，學會了特殊能力「水上漂（Surface Walk）」。

這幾天來，春雪都會在睡前連上無限制中立空間，如果遇到水系空間，就隨處找些適當的水面，否則就找寺廟的池塘或小學的游泳池，進行水面行走的訓練。內部時間累積已經訓練了將近兩個月，但最高紀錄卻還只有五步。坦白說，他也並非不覺得自己在做傻事，但都做到這一步還放棄，更讓他覺得愚不可及。

要達成課題要求的十步，多半還得花上一兩年，但現階段他也已經有所收穫。那就是不知不覺間，他「緩和自己重量的技術」提升了相當多。比起連沙粒都會沉沒的水面，焦土空間受過焚燒的屋頂，就像厚實的鐵板一樣牢固。

春雪以連自己都覺得奇妙的輕飄飄動作，在密集的民宅屋頂上飛奔三十秒。前方左側傳來清脆的破壞聲，土黃色的沙塵竄起。是Zelkova粉碎了建築物的牆壁。

剛才破壞物件的那一下，讓他的必殺技計量表全滿了。照這樣下去，他就會捕捉到春雪的背面或側面，以大招先發制人——明明還離了三十公尺遠，卻已經很切身地感受到對方的這種氣魄。

當然了，Zelkova應該也已經確實對Silver Crow的飛行能力做過預習。包括最高速度、極限高度，以及「沒有必殺技計量表就飛不起來」這個限制。

從對戰開始後，對方應該有好一陣子都隨時在提防來自空中的奇襲，但春雪特意不累積計量表接近，以及只能依靠只指出平面角度的導向游標這樣的狀況，應該已經在Zelkova的腦子裡去除了對上方的警戒……春雪如此相信，朝著一處顯得特別脆弱的屋頂，輕飄飄地蹬地跳起。

導向游標從視野中消失。接近戰距離。

「『立方壓碎拳（Cubic Squelcher）』！」

左側不遠處的牆壁後頭，傳來一個充滿力量的喊聲，Zelkova的必殺技計量表消失了半條。緊接著，水泥牆壁粉碎四散。

從沙塵中轟然擊出的，是個半透明的巨大拳頭。這個有著幾乎完全是立方體形狀，邊長約有五十公分的拳頭，以驚人的速度從春雪的正下方通過，穿過小小的庭院，連隔壁住家的牆壁都打得粉碎。

考慮到這是只根據導向游標來調整方向，又是從視野受到阻隔的室內所發出，瞄準精度非常出色。如果春雪是在地面上移動，多半已經被剛剛的必殺技打個正著，體力計量表被打掉一半左右。他事先就知道「立方壓碎拳」這個招式名稱，但想像和親眼見證，魄力就是不一樣。

然而，對戰並非單純比技巧或力量，更根本的層面上，是在比「預判」與「欺敵」。

春雪一邊感覺著腦幹益發冰冷，一邊跳進牆上開出的大洞。沙塵特效尚未消散，但已經能夠清楚看到站在裡頭的高大輪廓。Zelkova維持在大大揮出右拳的姿勢，被課以出招後僵直，有零點幾秒無法動彈。春雪剛在敵人面前著地，就以雙手抓住對方毫不設防而挺出的右手，以過肩摔的要領，一把將對方摔了出去。

Zelkova整個人往前飛去，先前用必殺技打出的洞被撞得更大，背部在庭院正中央落下，發出像是被壓扁的聲音。

「唔咕……」

焦土空間內，幾乎所有地形物件都很脆弱，但地面是少數例外。原則上地面都無法破壞，所以從某個角度來看，地面可說比任何武器都更沉重、更堅硬。因此，對於Zelkova Verger這種特殊裝甲型的虛擬角色，比起半吊子的打擊類招式，摔技往往更有效。

但話說回來，只靠一記過肩摔，實在無法造成足以分出勝負的傷害。Zelkova迅速跳起，對於減少了十五%左右的體力計量表顯得並不放在心上，擺好架勢，以宏亮的低音呼喊：

「相當有一套啊，Silver Crow！我可料不到你沒有計量表，卻還從上面來啊！」

他語氣有禮貌，但並非對春雪表示敬意，多半是和黃之王Yellow Radio一樣，在營造自己的角色形象。

不是你料不到，而是我不讓你料到就是了……春雪把這個回答留在腦子裡，一邊從牆上的大洞來到屋外，一邊回答：

「你也是，隔著牆壁，卻瞄得這麼準。」

「……」

Zelkova Verger似乎沒想到春雪會這樣回應，洩了氣似的不說話。春雪再度注視他直立的身影。

就如他所記住的情報，對方屬於相當大型的對戰虛擬角色，卻不顯得遲鈍。肩膀、胸部、手腳關節處，都覆蓋有四重的重裝甲，但內部的虛擬身體，卻像是比Cyan Pile還瘦了幾分。

裝甲顏色是偏紅的褐色，光澤感偏少。Zelkova Verger最大特徵所在的木質裝甲，似乎對斬擊、打擊，以及包括實體槍彈在內的貫穿攻擊都有著高度的抗性。由於是木材，似乎比較怕火，但春雪並未持有火焰屬性的武器，而且對戰空間裡也沒有火。

除了火焰以外的有效攻擊，就是摔技與關節技。但剛才的那記過肩摔，應該也已經讓Zelkova開始提防他的摔技。關節技非得先抓住敵人不可的這點，也和摔技一樣。而從古早年代開始，對戰格鬥遊戲的摔技，都是設計成一旦被對方察覺意圖，就不容易成功。

因此春雪不試圖主動拉近距離，甚至連架勢也不擺，一直站在原地。

因為早在看到挑戰者名字的時候，他就已經料到多半會演變成這樣的情形。所以哪怕多少有些勉強，他仍設法先發制人。只要春雪剩下的體力計量表比對方多，Zelkova就非得冒著被擒拿的風險來搶攻不可。

膠著狀態持續了十秒左右，上方傳來像是等得不耐煩的吆喝。

「喂～你們要相親到幾時啊。」

「不想打就趕快投降（Resign）！」

是被自動傳送到周圍較高建築物的觀眾發出的吆喝。

嗓音和說話口氣並不熟悉。多半是和眼前的Zelkova Verger一樣，是想擊敗曾經的「超高速之翼（Speedster）」，如今的「叛徒（Betrayer）」Silver Crow，於是特地來遠征的中小軍團所屬超頻連線者吧。

擺好架勢的Zelkova，重心微微搖動。看來是聽到那些不客氣的吆喝，導致專注力分散。雙方同樣是6級，但也許對方主要是以獵公敵的方式來賺取超頻點數，對戰經驗不是那麼豐富。

感覺到這點的同時，春雪已經踏上前去。

不是奔跑，也不是行走，而是在地面滑行似的移動。儘管遠遠不及師範也就是Centaurea Sentry那順暢到異常，處於「動」與「靜」縫隙間的步法，但多虧自己潛心於水上行走的修練，感覺無謂的動作已經得到相當多的削減。

「喔喔！」

當Zelkova發出喊聲，試圖打出右直拳時，春雪已經拉近了距離。

春雪剩下的體力較多，所以本來也可以靜待Zelkova進攻。但現在的春雪，已經進入了一旦捕捉到良機，身體就會自動有所反應的模式。想東想西的情形只到接敵為止，之後就只委身於狀況的流動。

春雪右手順手就往Zelkova左胸打上一拳。對方巨大的身軀微微傾斜，想保持平衡而伸出的左手，在春雪面前抓過空氣。

春雪立刻以雙手抓住這隻手，往內扭轉。把手臂扭到關節可動範圍極限的瞬間，耗用剛才以過肩摔集到的必殺技計量表，只讓背上的翅膀全力振動一秒鐘。

他千錘百鍊的飛行能力所產生的推進力，直接送到了Zelkova的左肩關節上。

喀鏗一聲駭人的聲響響起。無論是多麼強韌的裝甲，都無法抵禦直接攻擊虛擬人體本身的關節技。而虛擬人體的強度，幾乎完全不受體格大小影響。

春雪這由本屬於打擊技的「空中連段攻擊（Aerial combo）」加以應用的站立關節技，連根扯下了Zelkova Verger健壯的左手。

「嗚……！」

Zelkova低聲呻吟，腳步踉蹌地後退。

正規對戰空間下的受擊痛覺，是無限制中立空間的一半——但即使如此，部位缺損傷害的疼痛仍然難以忽視。但如果無法忽視，就等於是在請對手乘勝追擊。

春雪將扯下的左手扔開，再度拉近距離。

Zelkova試圖後跳拉開距離。但由於是重量級虛擬角色，即使想跳躍，也需要一瞬間的蓄力動作。

春雪以下段踢，猛力掃向他併攏的雙腳。踢擊造成的損傷微乎其微，但Zelkova由於失去了一隻手，導致重心不穩定，整個人騰空翻轉了半圈。他再度以背部重重落地，計量表被削減了幾分。

春雪多的是方法可以乘勝追擊，但他特意往後退開。

Silver Crow的體力計量表還是全滿狀態，相對的，Zelkova Verger已經耗損一半。

進行到這一步的攻防戰裡，春雪可說是壓倒了對手。理由在於對戰經驗的差距，這點Zelkova應該也已經明白。

當然春雪成為超頻連線者也還只有九個多月，算是總算從新手階段畢業的中階玩家。然而自從與加速研究社以及白之團的對抗白熱化以來，與名震加速世界的那些強者中的強者之間所進行的戰鬥，讓春雪蓄積了大量的經驗值。

「掠奪者（Plunderer）」Dusk Taker。

「四眼分析者（Quad Eyes Analyst）」Argon Array。

「拘束者（Restrictor）」Black Vise。

「噴嚏精（Sneezy）」Glacier Behemoth。

「暴躁鬼（Grumpy）」Rose Milady。

「瞌睡蟲（Sleepy）」Snow Fairy。

「害羞鬼（Bashful）」Platinum Cavalier。

以及白之王「剎那的永恆（Transient Eternity）」White Cosmos——

與他們的戰鬥，全都是不折不扣的死鬥，即使點數全失也完全沒有什麼好不可思議。其中可以明確說是勝利的，就只有對Dusk Taker的一戰，除此之外都是落敗，頂多只到平手。對上白之王，更是連直接打鬥的機會都沒有就敗下陣來。但也多虧歷經過多次極限狀況，至少在和同等的對手打正規對戰時，幾乎不會再因為太緊張而心浮氣躁。

當自己夠冷靜，就能一眼看出Zelkova Verger太急於取勝。並不是說倔強不好，但想贏的心情太強烈，就會在行動中表露出來，讓對戰對手能夠做出預判。

以前跟我打過的高等級玩家，多半也有這樣的感覺吧……春雪不由得想到這樣的念頭，隨即重新打起精神。自信與自滿只有一線之隔，要當自己已經躋身於強者的行列，以內部時間來算還早了十年。

春雪退到庭院另一端後，Zelkova似乎才確信他不會乘勝追擊，左肩破損處灑出紅色的損傷特效，慢慢站起。

他從粗獷的面罩下，發出蘊含怒氣的視線……

「……你是想叫我投降是吧。」

聽到這壓低的說話聲，春雪聳聳肩膀回答：

「如果你願意，當然會幫我大忙……」

「你從剛剛就這態度，到底是怎樣！」

Zelkova以剩下的右拳，朝身旁的石柱重重一擊。石柱輕而易舉地遭到粉碎，碎片飛濺在狹小的庭院裡。其中一片碎石打在Zelkova自己身上，但他全不在意，迸發新的怒氣。

「現在無限制中立空間，被那個特斯卡特利波卡搞成什麼樣子，你也不是不知道吧！有那麼多軍團因為不能獵公敵而困擾，這一切的元凶就是投靠震盪宇宙的你，看到你這樣裝聖人，我就氣得要命！」

這番斥罵相當痛烈，但言語的刀刃並未穿透覆蓋春雪內心的外殼。因為這幾天來，同樣的話已經有人對他說了十次以上。

「我沒打算裝聖人。我的意思只是如果能輕鬆打贏，當然比較好。」

春雪以不帶感情的口氣這麼回答，從Zelkova全身發散的憤怒氣場就變得更濃烈了。

春雪直覺感受到對方要出招，但仍不擺出架勢，繼續站在原地。Zelkova的必殺技計量表，已經因為受到重大傷害而再度集滿。如果他有什麼手段能夠顛覆這敗色濃厚的狀況，春雪會想見識見識。

Zelkova似乎也看出了春雪的這種念頭。

他高高舉起右手，彷彿在說「要看就讓你看個夠」。兩者的距離約八公尺，如果不使用必殺技或特殊能力，這樣的距離下打不到對方，但根據春雪背起的情報，他應該沒有拘束類的特殊能力，而且即使是必殺技，應該也不會再打出一次性能已經被春雪掌握的「立方壓碎拳」。

BRAIN BURST的攻擊型必殺技，不分遠程或近程，如果只是單純出招，沒那麼容易就命中。基本上都必須透過突襲，或是與普通攻擊組成連段等方式，先以別的手段削減敵人的閃避能力，然後才出招。

Zelkova也已經6級，所以這種事情他應該很清楚。也就是說，他有把握從這種狀態下直接出招，也能夠命中。至於這是必殺技的性能，還是他本人運用上有別的安排，則得見識過才知道。

春雪一邊想著希望是有別的安排，一邊等待對方的招式發動。

Zelkova Verger將舉起的右手五根手指伸直，然後用力往地面一插。

「『圓椎破敵鑽（Conic Smiter）』！」

這是春雪背起的情報中所沒有的招式名稱。不知道是他一直把這張底牌藏著不打出來，還是最近才學會。

Zelkova的右手發出紅色的光芒，但必殺技計量表並不減少。

難道是心念？就在春雪緊張地想到這裡時，兩腳腳底感覺到些許的震動，反射性地往右跳開。

緊接著，Zelkova的必殺技計量表這才總算減少，同時有個尖銳的物體，以猛烈的速度從地面竄出。

是一根長約一公尺半，最尾端直徑約有十五公分的圓椎形木樁。這種和Zelkova的裝甲同顏色的物體，看上去就很堅硬，若不是靠著直覺跳開，Silver Crow多半已經被這木樁從胯下直貫腦門。

看不見軌跡的遠程攻擊——若非留意到竄出前的些許震動，第一次碰到這招時幾乎不可能躲開。然而既然都已經躲開，這個時候不反擊，可就實在是侮辱行為了。

該看的也看了，就打完這場吧。春雪這樣下定決心，準備衝向維持蹲姿的Zelkova。

這一瞬間，他發現了。Zelkova的必殺技計量表，只減少了區區十%。

由於已經開始行動，感受不到震動，但這次他真的只靠直覺往左跳開。

一陣雷鳴般的聲響中，第二根木樁貫穿了前一瞬間春雪所在的空間。

Zelkova的右手仍插在地面，沒入到指根，計量表還剩下足足八成。這也就意味著……

春雪才剛著地，立刻全力做出後空翻。第三根木樁從眼前掠過。又一個後空翻。又有木樁從鼻子前面飛過。

下一個後空翻，第五根木樁微微擦過Silver Crow的背部。

木樁的準頭愈來愈精確，而且民宅的牆壁愈來愈近，已經沒有後空翻所需的空間。這個名稱叫做「圓錐破敵鑽」的必殺技，多半不是靠Zelkova的視線來導向，而是招式本身就擁有自動追蹤能力吧。這個高性能的招式用來進行局地防衛戰是再適合不過，非常配得上「衛兵(Verger)」這個名字。

從必殺技計量表減少的步調來看，木樁的總數是十根。要在這狹窄的庭院裡全部躲開是不

可能的。

春雪瞬間做出這樣的判斷，在接下來的一瞬間裡篩選出三個選擇，一一評估。

首先想到的就是逃向空中的手段，但要張開並振動背上的翅膀，直到產生推力為主，存在短暫的空檔，有可能被對方看準這空檔攻擊。

第二個選擇，是以手刀突刺來迎擊木樁。只要能貫穿銳利木樁的尖端那極小的一個點，他有確信能夠加以破壞，但只要偏了一公釐，手反而會遭到粉碎。

而第三個手段——讓他有些躊躇，但成功機率最高。就算考慮要迅速了結這場對戰，也應該選擇這個手段。

在時間變得緩慢的超加速感覺中，春雪即將從第三次後空翻著地之際，短短地唸誦一聲。

——「合」。

整個視野就像起了漣漪似的搖曳。意識擴散，消融於空中。

咚！

一聲轟然巨響中，第六根木樁竄起。

竄出的地點，卻是離了春雪的著地位置足足有三公尺之遠的庭院正中央。

「啥啊！」

Zelkova發出驚愕的呼喊。這也難怪，畢竟不應有所偏差的自動瞄準，有了這麼大的偏差。

春雪所用的「合」這種技法，是Centaurea Sentry傳授給他的Omega流無遺劍當中的第一項奧義。完全阻隔由自己的意識輸出的訊號，就能讓ＢＢ系統——別名主視覺化引擎——的未來預測功能運作上發生錯誤，不只是對戰對手，甚至連系統的知覺都將捕捉不到自己。自動追蹤型的必殺技會變得無法追蹤，而Zelkova Verger自身應該也一瞬間跟丟了就近在眼前的春雪。

「合」並非心念，然而這個說法必須加上「嚴格說來」的但書。根據師範Sentry所說，透過高強度的想像來覆寫現象的心念，與截斷所有想像的「合」，建立在完全相反的運作邏輯上，但兩者都利用了ＢＢ系統的想像控制體系這一點是相同的，所以在春雪看來，實在無法不覺得「合」也多少有著心念的味道。

但仔細想想，對所有超頻連線者來說，想像力都是不可或缺的。無論是要如何讓自己的虛擬角色活動這種剎那間的選擇，還是想如何成長之類的長期願景，都需要有明確的想像。春雪正潛心訓練的水上行走，說穿了就是一種「將自己的重量化為零」的想像力訓練。

正規招式與心念的界線其實很模糊，如果一定要劃出界線，也只能遵照紅之王Scarlet Rain所說的定義。也就是「心念會發光」。

所謂心念的過剩光（Overray），是使用者的想像通過ＢＢ系統的想像控制體系之際，溢出的過剩訊號被系統當成特效光處理的結果。把想像輸出歸零的「合」當然不會發光。因此不是心念。

春雪根據Sentry也主張過的這條界線，避開了「圓錐破敵鑽」的追蹤，一落地就全力蹬地而起。

他將背上的翅膀也都用上，全力加速，直逼目瞪口呆的Zelkova Verger而去。

Zelkova也立刻從震驚中恢復過來，但沒有要將仍沒入地面的右手拔出的跡象。不，多半是在木樁命中或計量表用光之前都拔不出來。從性能來考量，被賦予這樣的限制，也沒有什麼好不可思議。

春雪本來打算像先前扯下左手那樣，把Zelkova的右手也扯下，但既然手被固定在地面，就不可能辦到。既然如此——

春雪瞬間改變方針，順勢單純往前衝，在Zelkova身前跳起。

重新開始自動追蹤的「圓錐破敵鑽」木樁，朝著輕飄飄滯空的春雪，猛然從地面往上射出。然而尖銳的木樁尖端，卻離春雪腳底還差了一公分——

進而將蹲在正下方的Zelkova Verger，從裝甲薄弱的下腹部，殘忍地直貫到後頸。

剩下五成以下的體力計量表當場清空，紅褐色的巨大身軀先收縮了一瞬間，隨即化為無數碎片四散。

2

Zolkova Verger之後，又有三名中階玩家繼續來挑戰，春雪穩穩將他們都擊敗之後，等了好一會兒，確定沒有新的挑戰者加入，才判斷今天早上已經打完，關掉了神經連結裝置的全球網路連線。

只要像以前黑雪公主那樣，二十四小時都切斷連線，就不會被那些當自己是獎金獵人的傢伙跑來挑戰。然而春雪除了待在家裡與學校的時候之外，基本上都開啟連線。甚至反而主動延長了自己的名字會出現在對戰名單上的時段。

也因為這樣，每天的對戰場數最少有十場，多起來會達到足足二十場。當他傍晚回到自己家時，已經累得精疲力盡，但哪怕會在路上昏倒，他也不打算拒絕挑戰。因為他認為這是現在的自己必須扛起的責任。

他輕輕呼氣，仰望天空。還只是早上十點，陽光卻已經像是要把市鎮燒焦，一想到今天也會很熱，汗水立刻湧出。

春雪用無撚棉紗手帕擦了擦額頭，然後再度往前走。

他盡量走在陰涼處，走完通學路的最後三百公尺，走進出現在步道左側的校門。緊接著連上梅鄉國中的校內網路，鬆了一口氣。儘管比起全球網路，功能會大受限制，但無助的感覺仍然可以得到相當程度的緩和。

他不走前庭正面的樓梯口，而是右轉。走過這條連盛夏時節也顯得昏暗的通道，就看見了一棟設置在第二校舍與水泥圍牆夾縫空間中的小木屋。

小木屋大量使用寶貴的天然木材，結構相當穩固，但居住者並非人類。小木屋前方有著不銹鋼鐵絲網。春雪一邊從鐵絲網外往裡頭看去，一邊小聲打招呼。

「早啊小咕，今天也好熱啊。」

結果設置在小木屋正中央的棲木上，一隻灰色的鳥睜開了眼睛。這是由春雪擔任委員長的梅鄉國中飼育委員會負責照顧的唯一一隻動物——白臉角鴞。

雖然開始飼養至今還只過了一個月出頭，但最近只要春雪打招呼，牠有時就會用像是貓叫的聲音回應，心情好的時候還會從棲木上飛起，在小木屋裡繞行兩三圈……本來應該是這樣，但今天的小咕只用橘色的眼睛朝春雪一瞥，立刻又閉上了眼睛。

小咕在貓頭鷹中屬於耐熱的品種，但不知道是不是連日的酷熱，讓牠也有些吃不消。鐵絲網上方有屋簷，不會有直射的陽光照進來，而且也準備了洗澡用的鳥用浴池，但今天幾乎完全沒有風，所以也許裡頭會籠罩著熱氣。

「等我一下，我幫你洗個噴霧澡。」

春雪這麼說完，走向用具間，拿出裝了多功能噴嘴的水管，接上小屋旁的水栓。這是春雪在打掃過程中偶然發現的，那就是小咕似乎喜歡被噴霧潑水，最近更是一看見水管就會催他快點。

春雪把噴嘴前端的轉盤轉到噴霧記號上，用力握住灑水握把，確定會噴出霧狀的水，結果就在這時——

聊天視窗在虛擬桌面的下方開啟，櫻花色的字體瞬間編織成語句。

【UI>午安，有田學長。】

春雪反射性地就要回頭，這才「啊」一聲放開了握把。以前他就曾經在類似的狀況下，往來人身上噴個正著，所以不能再犯同樣的錯誤。

春雪這才轉過身，對送來聊天訊息的人打招呼。

「午安，四埜宮學妹。」

站在那兒的，是梅鄉國中飼育委員會的「超委員長」四埜宮謠。她穿著印有圖案的T恤與短褲，很有小學生放暑假時的模樣，但在加速世界，卻以「緋色彈頭（Testarossa）」的威名令人聞風喪膽，是真正的高等級玩家。

一旦握住長弓「火焰呼喚者（Flame Caller）」，就會強得有如鬼神，卻又無論什麼時候都會體貼地引導春雪，是個無可取代的前輩——本來是如此，但身為同軍團團員這個最大的交集，已經在三天前消失。

一想到這裡，胸口就竄過一陣尖銳的痛楚。但春雪避免表現出來，面帶笑容準備把話接下去：

「我正要幫小咕洗噴霧澡。四埜宮學妹也一起……」

但他這句話沒能說完。因為謠右手的提袋一落地，整個人就朝春雪猛衝過來。明明有著兩倍以上的體重差異，這記衝撞卻幾乎把春雪撲得人仰馬翻。春雪好不容易穩住，以破音的嗓音問起：

「妳……妳……妳是怎麼啦四埜宮學妹！」

結果謠一邊用右手抓住春雪圓滾滾的身體，一邊只用左手敲打投影鍵盤。

【UI＞有田學長，請你不要再硬撐著打對戰了。】

「咦………」

謠以水潤的大眼睛，抬頭看著啞口無言的春雪，同時繼續超高速打字。

【UI＞剛才的對戰，我都去看了。打得很漂亮，但如果用那樣的方式繼續贏下去，對有田學長產生反感的人只會多不會少。】

「呃……」

春雪一瞬間想了想該如何回答，然後小聲問起。

「四埜宮學妹，原來妳有來觀戰？我完全沒發現。」

【UI＞因為我開偽裝用的虛擬角色。】

「啊，啊啊……是這樣啊……」

所謂偽裝用虛擬角色，就是外觀不同於對戰虛擬角色的觀戰專用虛擬角色，事先設定好，就可以在想隱藏自己的身分觀戰時使用。的確，如果黑暗星雲「四大元素（Elements）」之一的Ardor Maiden在場，被其他觀眾找碴也不奇怪。可是，她為什麼不惜這麼大費周章也要來觀戰呢？

謠似乎猜到了春雪的這種不解，搶先說出回答：

【UI＞是因為消息鬧得沸沸揚揚。說有田學長每天打了多達幾十場對戰，卻一場都沒輸過。我不會說追求勝利是不好的，可是，有一件事更重要，那就是】

文章打到這裡的瞬間，春雪不知不覺地喃喃說出：

「享受對戰的樂趣。」

這是春雪自身一直謹記在心的主義，也曾經多次在別人面前說出過。

謠把緊貼在一起的身體微微分開，深深點頭。

【UI＞一點也不錯。可是，今天的有田學長，看起來一點也不開心。雖然四場全都壓倒性地勝利，但看在我眼裡，簡直像是為了把仇恨集中在自己身上而對戰。】

春雪先回望謠那蘊含著深沉憂慮的眼眸一瞬間，然後把視線撇向右下方，說道：

「……是啊，我就是為了這樣才接受對戰。」

他話一出口，謠就微微舉起左手，卻又一個字都沒打，就無力地垂下。

抓住春雪上衣的右手，也慢慢放開。春雪看到自己讓由衷敬愛的四埜宮謠露出前所未見的悲傷表情，當場無地自容，但仍繼續解釋：

「末日神特斯卡特利波卡讓現在的加速世界陷入一片混亂，四埜宮學妹應該也知道吧。短短三天，就讓以公敵為點數供應來源的中小軍團受到很大的影響。他們的反感，現在是集中在導演這一連串事件的幕後黑手震盪宇宙上，但我想遲早有一天，這些不滿也會轉移到對特斯卡特利波卡置之不理的六大軍團上。」

【UI＞我們並不是想置之不理才這麼做。】

謠用雙手以神速的打字插話。

春雪點點頭，抬頭看向都心方向的天空說：

「嗯，如果有辦法處理那玩意兒，大家早就動手了吧。就只是因為明知即使集結六大軍團的所有戰力也應付不了，所以才不能出手……」

他將視線拉回謠身上，繼續說：

「可是，中小軍團的超頻連線者，理所當然地認為加速世界發生的問題，有六大軍團會去解決。就像Chrome Disaster事件，還有ＩＳＳ套件事件的時候，也都是那樣。要是現在這種無法獵公敵的狀態持續下去，中小軍團就會開始發出質疑王為什麼不採取行動的聲音。這樣一來，六大軍團的團員當然也會有反感……」

春雪所預測的未來構圖之嚴峻，謠似乎也理解了。她稚氣的臉上，浮現出與先前不同的擔憂。

【ＵＩ＞如果只是在網路上爭論就還好，可是一旦開始發生有人挑戰或被挑戰的較勁，就不知道情況會惡化到什麼地步了。】

「我也這麼覺得。說是大軍團，但現在最大的長城也只有一百人左右，以絕對人數計算，中小軍團的團員和無所屬的超頻連線者占了大多數。一旦衝突擴大，六大軍團也不會沒事。因為中小軍團裡，也有很多非常強的人……」

聽了春雪的話，謠默默點頭。

先前謠說，春雪每天打了多達數十場對戰，卻一場都沒輸。這是事實，但也有過好幾次驚險取勝。像今天對上Zelkova Verger也是，若不用上壓箱寶的「合」，說不定已經輸了。如果那種等級的高手接連跑來挑戰，即使是六大軍團的中階玩家也可能會吃虧；而且如果中小軍團組成選拔隊伍，參加領土戰爭，誰也不敢說六大軍團的支配戰區就一定不會淪陷。

到時候，就會演變成以血洗血的全面戰爭。在狀況穩定下來之前，根本無從想像會有多少個超頻連線者點數全失。

諸多半也想到同樣的事情，目光低垂了好一會兒，但她隨即舉起雙手，毅然地在空中敲打。

【ＵＩ＞就算是這樣，也沒有理由要只由有田學長一個人來承擔中小軍團的不滿。一切的責任，都在白之王和震盪宇宙身上，所以就算關掉全球網路連線，宣言說有意見別來杉並，去港區第三戰區，也沒有理由被任何人責怪！】

這個主張完全正確。

的確，白之團大本營私立聖永恆女子學院所在的港區第三戰區，正好就在一週前，七月二十日的領土戰爭中，成了黑暗星雲支配的地區，推測總數約有三十人左右的震盪宇宙團員，拒絕對戰權已經遭到剝奪。

但話說回來，他們似乎和春雪不同，切斷了全球網路連線，所以即使殺進港區第三戰區，也無法找他們挑戰，但有唯一一個例外存在。那就是軍團長白之王White Cosmos本人。

白之王從剛失去領土後，就一直讓自己的名字顯示在對戰名單上。Sky Raker／倉崎楓子猜測她這麼做的理由，是「挑釁六王，尤其是黑之王Black Lotus」。雖然不清楚實際原因，但總之現在就是處在這種狀態，所有超頻連線者只要有這個意思，就可以自由地和以往連面都見不到的白之王對戰。

實際上，聽說也有一些人純粹出於興趣或想揚名立萬，跑去找她挑戰。但這些人全都在與Cosmos本人對峙之前，就受到像是怪物的大型對戰虛擬角色攻擊而當場被瞬殺。正規對戰空間裡不可能會有公敵，更別說又不是搭檔對戰，也不可能有團員擔任護衛。想來多半是像Chocolat Puppeteer的必殺技「創造傀儡（Puppet Make）」或Viridian Decurion的「綠色軍團兵（Viridian Legionany）」那樣，可以創造出自動人偶的能力，但詳細情形並不清楚。

另外，有傳聞說幹部集團「七矮星（Seven Dwarfs）」的名字，也偶爾會出現在名單上，但他們一個個都是以一當千的強者，若不是本領高強的高等級玩家，多半還來不及說出自己的不滿，就會被擊敗吧。

由於處在這樣的狀況，即使Zelkova Verger他們遠征到港區第三戰區，要直接去對震盪宇宙的團員興師問罪，是近乎不可能的。即使如此，春雪仍穩穩承接住謠的視線，說道：

「……謝謝妳，小梅。」

他不叫本名，而是以取自虛擬角色的暱稱這麼一喊，把右手輕輕放在她小小的肩膀上。

「就算我已經不是團員，妳還是這樣關心我，我非常開心……可是，砍了太陽神印堤，讓封印在裡面的特斯卡特利波卡復活的人就是我，而且被白之王綁走，讓狀況演變成現在這樣的導火線，也是我弄出來的。我認為中小軍團的團員們有權對我表達不滿，而且如果這樣可以讓他們宣洩一下，我就不能拒絕對戰……」

【UI＞我當然會關心你！】

謠明明是打投影鍵盤，勢頭卻猛烈得幾乎讓人錯以為聽見打字聲。她打完這麼一句話，就再度撲向春雪。

她瞪大的眼睛裡滿是大顆的淚珠，像要擠出話似的顫動嘴唇，閃動十根手指。

【UI＞就算系統上不再是團員，也不表示我們的交情就這麼消失！而且鴉鴉之所以會退出黑暗星雲，也是為了救蓮姊跟大家，而且再往前說，去斬印堤也是為了救出五個王。可是，只有鴉鴉一個人被當叛徒看待，每天被人挑戰好幾十場，我】

謠似乎已經無法再把接下來的話打成文章，雙手牢牢抓住春雪的上衣，把額頭緊緊靠在他胸口。

一感受到無聲的嗚咽，春雪就覺得自己的雙眼也一陣濕熱。但他不能在這個時候哭。這一切都是他憑自己的意志做出的選擇。

春雪並不是緊緊抱住顫抖的小小身軀，而是在她背上輕輕拍了拍。

「對不起，小梅，讓妳擔心了。可是，我真的沒有在勉強。的確，我也許真的沒有心思享受對戰……可是，比起Raker師傅和Sentry師範的修行，一天打二三十場對戰根本沒什麼。畢竟我也只有在上下學的時候設定成待機狀態，而且這些人我幾乎都是第一次對戰，也有很多新的發現……還有——」

他用帶著幾分說笑的語氣說下去：

「我們是超頻連線者，該做的事情就只有一心一意地對戰，不是嗎？」

即使聽了這句話，謠仍然遲遲不抬起頭，但隨後她退開一步，從短褲口袋裡拿出手帕，擦了擦眼睛。

她維持低頭的姿勢，先做了一次深呼吸，才總算看了看春雪。她把紅紅的雙眼眨了兩三次，嘴上露出淡淡的笑容，輕快地讓左手手指躍動。

【ＵＩ＞聽你說話的口氣，似乎覺得就算跟我對戰，也已經贏得了呢。】

「咦……咦咦！」

春雪大吃一驚，交互搖動雙手和頭。

「這……這……這種事情，我一點都沒有想！既然看了我今天的對戰，小梅應該也知道我完全不是那種水準吧！」

春雪口吃著拚命反駁，謠就嘻嘻笑了笑，又呼了一口氣。

她表情轉為鄭重，以微微放慢了些的指法打字。

【ＵＩ＞有田學長的想法我明白了。只要你答應不勉強自己，我不會再叫你別對戰。可是，我有一個請求。】

她隔了一拍，目光凝視春雪——

【UI＞可以請你和蓮姊見一面嗎？】

「…………」

春雪無法立刻做出回答。

謠稱之為「蓮姊」的人，當然就是黑暗星雲的頭領——黑之王Black Lotus，也就是黑雪公主。

三天前的那一晚，以毀滅性失敗收場的Silver Crow救出作戰後，春雪透過打字交談的方式，對伙伴們說明了事情原委。

黑雪公主當然也在場，但從會議結束的七月二十五日零點出頭到現在，春雪都並未與她聯絡，黑雪公主也並未主動聯絡他。

他也認為得好好談一談。然而該怎麼說，該說什麼？因為黑雪公主是把春雪從地獄裡救出來的恩人，給了他ＢＢ程式的「上輩」，更是他誓言永遠效忠的劍之主。而春雪背叛了她，退出黑暗星雲，投靠到了震盪宇宙。

若非如此，為了救出春雪而志願參加危險任務的Cyan Pile、Trilead Tetraoxide、Lavender Downer、Graphite Edge、Centaurea Sentry，以及大天使梅丹佐等六人，多半已經被擺脫了神器「The Luminary」支配力的特斯卡特利波卡殺光。

不，如果單純只是死掉，有可能只是失去少許點數就能復活。然而特斯卡特利波卡和四神青龍一樣，擁有吸收等級的能力，而Cyan Pile也確實從6級被降到了4級。

而且梅丹佐不同於超頻連線者，並不是只要還有點數剩下就可以復活。嚴格說來，只要無限制中立空間發生「變遷」，作為公敵的梅丹佐就會在芝公園地下迷宮的最深處復活，但那已經是記憶與思考都已經重置的，完全不一樣的個體了。

因此，當時春雪只能把一切獻給白之王，祈求換來她的慈悲。除了向唯一有可能阻止得了特斯卡特利波卡的她低頭，用自己的忠誠去換回六人的性命之外，他別無選擇。黑雪公主多半也明白這點，但要說能不能認同與接受，則是另一回事。

坦白說，春雪不知道黑雪公主是如何看待他的選擇。但事實就是，事情發生後已經過了三天——說得精確一點是六十小時——仍然沒收到聯絡，所以春雪不得不推測，黑雪公主現在也還處在無法和春雪說話的狀態。

春雪煩惱著該如何對謠說明這樣的情形。

然而他尚未開口，耳朵就捕捉到了新的聲響。是踏在後院砂石地唰唰作響的腳步聲，以及輕快的哼歌聲。

春雪趕緊從謠身上退開一步，抬起低垂的頭。走過來的，是一名穿著學校指定體育服裝的女學生。所幸她看著虛擬桌面行走，所以似乎並未發現春雪他們的異狀。

春雪先瞥了一眼，確定謠的臉頰已經乾了，然後對女學生說話。

「井關同學，邊走邊滑桌面很危險的。」

結果女學生——井關玲那從虛擬桌面抬起頭，滿臉甜笑。

「沒事沒事，我職業的。」

「是哪門子職業啦……」

玲那以漫不在乎的表情卸開了春雪的吐嘈，對謠打招呼。

「午安，小謠。妳這件上衣好可愛喔。」

【UI＞謝謝學姊，這是阿婆跟我一起去買的。】

謠靦腆地縮起肩膀，用雙手抓住了縱橫方向各印了三隻小鳥輪廓的T恤衣襬。

玲那說有個和謠差不多年紀的妹妹，只見她露出疼愛的微笑，這才將視線轉到春雪身上。

這一瞬間，她似乎感受到了什麼似的，笑容變得稀薄。但隨即又換回了一貫的慧黠表情，甩著體育服裝的衣領說：

「倒是委員長，這麼熱真的很糟糕啊。現在是暑假，所以說好我們也可以穿便服來吧。」

「啥啊？這……這哪有可能啊！」

「只有超委員長穿的衣服不一樣，就太可憐了吧！」

聽到這太牽強的反駁，春雪先咳了一聲，然後以講道理的方式回答：

「呃，四埜宮學妹的入校許可證，是用了梅鄉國中和松乃木學園的共同學習課程權限，可是課程的規約裡，並沒有指定訪問對方學校時的制服。但是我們有校規，哪怕是在暑假期間，都被規定來學校的時候，不能穿制服、體育服裝或社團團服以外的衣服……」

「好古板喔～～」

玲那先噘了噘嘴，然後啪的一聲彈響右手手指。

「對了。既然這樣，那我們也來做團服不就好了！」

「啥啊啊？」

「體育服裝又厚又悶。就選透氣性和速乾性更好的材質，設計成宇無可愛的款式……」

「宇……宇無可愛……」

春雪先複誦了這個多半是縮寫自「宇宙無敵可愛」的語句，然後求救似的看向左方。但身為超委員長的謠只笑眯眯地看著，沒有要打鍵盤的跡象。

「不……不是啦，委員會不會有團服吧？」

春雪一邊連自己都覺得無趣，一邊這麼回答，玲那就微微歪了歪頭：

「我倒是覺得這點子不壞啊。」

她只說了這麼一句話，然後看向腳邊。先前謠放下的托特包就直立在地上。她撿起包包，臉朝向飼育小木屋。

「算了，趕快打掃吧。小咕肚子也餓了。」

「……也對。」

春雪一點頭，謠也打出【就這麼辦吧！】表示同意。

如果根據暑假期間要輪流照顧小咕的協定，今天應該是玲那值班的日子。但結果春雪還是幾乎每天都來，玲那也是三天裡有兩天來學校，所以即使看到對方在自己值班的日子出現，兩人也都不再說些什麼。

三人一起快速地打掃完小木屋，幫浴池換水，就來到了期待的餵食時間。小咕的食物，是將鵪鶉或老鼠肉切成小片，又或者是活的蟋蟀或麵包蟲，採買與備料全都交由謠負責。但小咕在剛開始飼養時只肯從謠手上吃東西，最近則對春雪與玲那的餵食也肯吃了，儘管只限心情好的時候。

今天小咕顯得比較沒精神，所以春雪本以為無望。但小咕停在謠的左手後，就開始起勁地接連吞下玲那用鑷子遞出的鵪鶉肉。餵牠吃了五片後，春雪也依樣畫葫蘆地把肉片遞向小咕嘴邊，結果——

「唧～～！」

小咕突然大大張開翅膀，發出威嚇似的聲音，所以春雪嚇了一跳，右手的鑷子不由得脫手。

但謠不慌不忙，用右手遮住小咕的臉。小咕的視野被遮住，仍拍響翅膀幾次，但隨即安分下來。

以為已經心意相通的小咕做出這樣的反應，讓春雪大受衝擊，但隨即想起了十幾分鐘前，隔著鐵絲網打招呼時的情形。小咕不但不從棲木上飛起，甚至連叫聲都並未發出，立刻又閉上眼睛，並不是因為熱得沒有精神，而是在提防春雪嗎？

「……我對小咕做了什麼嗎……」

春雪頗受打擊地這麼喃喃一說，結果回答他的不是謠，反而是玲那說出令他意想不到的話。

「我……我其實，也有點……」

「咦咦！」

「不是啦，也不是說委員長對我做了什麼。就是覺得最近的委員長，該怎麼說……」

玲那說到這裡先停頓下來，臉上露出了和今天第一次見到春雪時一樣的關心表情。

如果玲那感受到了春雪的變化，又或者說是變了調，他只想得到一個原因。那就是春雪不得不退出黑暗星雲，投靠仇敵震盪宇宙的這件事。春雪自認為有把精神狀態控制好，但既然不止讓謠與玲那擔心，甚至連小咕都開始提防他，多半就表示三天前受到的衝擊，以及對未來的不安，他都未能完全壓抑下來吧。

「……抱歉，井關同學。前不久，發生了一些有點讓我受到打擊的事情……如果我和平常不一樣，大概就是那件事造成的……」

「受到打擊的事情？」

「呃……」

玲那多半是真心在擔心他，所以春雪希望不要只是口頭敷衍，而是可以好好跟她說明。但有關BRAIN BURST的事情，又不能說給不是超頻連線者的玲那知道。

春雪花了一秒鐘拚命思索後，回答說：

「……我背叛了，很重要的人。背叛了甚至可以說是我救命恩人的，非常非常重要的人……」

「那就只能去道歉了吧？」

玲那的回答實在太直率，讓春雪好一會兒啞口無言。

如果做得到就不用這麼辛苦了……彷彿連這句腦子裡的牢騷都被看穿，玲那湊過來看著春雪的眼睛。

的確，只能道歉了。先前謠也說過，不管怎麼說，就是要直接去見黑雪公主，由衷謝罪。不這麼做，春雪胸中的疙瘩應該是絕對不會消失的。

這點他是有著痛切的了解，然而——

春雪默不作聲，玲那輕輕拍了拍他的肩膀後說：

「這種事情啊，時間拖得愈久，就會愈難做到的。最好是在想這想那之前，就先豁出去行動啊……雖然我的人際關係也沒順利到可以這樣對別人大言不慚啦。」

她嘻嘻一笑，彎下腰，撿起春雪掉在地上的鑷子與肉片。

「……啊，抱歉，謝謝妳。」

春雪回過神來，趕緊道謝，但並未伸出手。現在的春雪不管試幾次，小咕多半都不會像以前那樣吃下去吧。

春雪只接下了弄髒的肉片，對兩人說了聲「我去打掃外面」，就走出了小木屋。

他把肉片丟進垃圾桶，用水龍頭洗了手後，凝視著弄濕的雙手。他的手指白白胖胖的，像是除了虛擬桌面與投影鍵盤以外沒碰過任何東西。即使如此，每天握著掃把或拖把，讓他覺得皮膚比以前厚了些。

內在也像這雙手一樣，改變了——他本以為已經能夠改變。身為超頻連線者，歷經多場死戰、激戰，應該已經多少能夠抬頭挺胸往前走。可是，到頭來只是穿上紙糊的鎧甲，自以為變強了嗎？一旦把用虛張聲勢構成的外殼全部剝掉，只會看見和以前一樣抱著膝蓋的自己嗎……

春雪放下仍然沾濕的手，走向用具間。走到一半忽然動念，將行進方向轉往位於小木屋西側的水泥圍牆。

圍牆底下，設有一個寬約八十公分的花圃。花圃是以天然石細心堆成，做得十分美觀，但目前別說是花，連一根草都沒長。

春雪在花圃前蹲下，仔細看著深黑的泥土。如果有雜草發芽，雖然可憐，但還是非拔去不可。他從左端檢查過去，檢查到正中央時，發現有一片比小指指甲還小的綠葉微微探出了頭。是風吹來了種子，還是從一開始就混在泥土裡呢……春雪一邊這麼想，一邊就要伸手去摘掉葉子，但即將碰到之際縮了手。

「啊……」

他不由得叫出聲，然後才把臉湊向葉子。這微微有著光澤的橢圓形單葉，看起來不是草，更像是樹木的葉子。春雪凝視了五秒鐘左右，才猛力站起。

春雪一時忘了胸中的鬱悶，一路衝刺跑回小木屋。

從鐵絲望看過去，正好謠與玲那餵完了小咕。春雪等兩人走出來，才小聲呼喊。

「四……四埜宮學妹，可能發芽了！」

緊接著謠的嘴張成「咦！」的形狀，連連眨了幾次眼睛，才朝花圃跑了過去。春雪與玲那也跟上。

謠手撐著膝蓋蹲下，朝著小小的芽左看右看，才回頭敲打投影鍵盤。

【UI＞錯不了，形狀和網路上的照片一樣！】

「就……就是說啊！」

春雪深深點頭，玲那則在他身旁歪頭納悶地問起：「你說發芽是什麼情形？」春雪這才想起玲那當時不在場，於是很快地說明：

「呃……四天前，我和四埜宮學妹，一起在這個花圃種下了櫻桃的種子。我本來還以為不會發芽……」

「是喔！你們有在搞些很開心的事情嘛！也揪我啊！」

春雪被玲那在背上一拍，不知所措，謠則代替他回答：

【UI＞對不起，井關學姊，我們並不是要保密。如果不介意，可以請妳幫忙照顧這芽嗎？】

「當然可以嘍！」

玲那立刻這麼一喊，伸出雙手，在謠頭上亂抓一通。看著兩人和睦嬉鬧的模樣，以及在陽光照耀下就像綠寶石一樣閃閃發光的新芽，春雪感覺到堵在胸中的冰微微開始消融。

為櫻桃芽灑水，小木屋也仔細打掃完之後，時間來到了十一點五十分。

換作是平常，委員會活動就會在這時結束，但今天預計還有一個大事件要處理，所以春雪把謠與玲那留在後院，自己先回到前庭。

隨著腳步離碰頭地點所在的校門愈來愈近，他感受到胃在緊縮似的感覺。他丹田用力，揮開不安，走到門柱旁的陰影處，準備啟動訊息APP。然而這成了不必要的舉動。

「喔喔春雪，你來啦！」

聽到這句話而抬起頭，就看到鮮豔的色彩映入眼簾。

尺寸太大的T恤與帆布球鞋，綁成雙馬尾的頭髮全是燃燒般的火紅。有綁帶的五分褲和斜揹的隨身包屬於黑色系，要說是在表達軍團合併的狀況……大概不是吧。

「嗨……嗨，仁子，不好意思啊，大熱天的還要妳特地跑一趟。不過有個好消息……」

春雪話說到這裡，發現有個人影走在仁子——上月由仁子的右後方，不由得張大了嘴。

狀似同學年，或再小一些——多半是國中二年級或一年級的女生。自從成了超頻連線者以來，春雪和這年紀的女性接觸的機會遽增，但至今他都尚未遭遇過這種類型。

理成一束束的層次短髮當中，有著銀色的挑染，黑底的背心上有著非常搶眼的玫瑰粉紅噴墨圖案。同樣黑色的迷你裙上，來來去去有著許多條金屬拉鍊，大熱天的卻雙手戴著黑色皮手套，腳下穿著黑色厚底皮靴。硬要說起來，和日下部輪平常用的虛擬角色風格有點像，但血肉之軀穿起來的氣魄就不一樣。

這個女生把一雙看起來就很重的皮靴踩出響亮的聲響，來到春雪身前停下腳步，畫了黑眼線的雙眼眨了眨。

「早啊。」

她以意外有種酸甜感的嗓音這麼打招呼。

「……早……早啊。」

春雪一邊勉強應聲，一邊拚命回想這個人是誰。他約好在中午碰頭的只有仁子，沒聽她說要帶人來。想來多半是日珥的團員，但從外表完全無法聯想到對戰虛擬角色。即使以求救的眼光看向仁子，她也只一副「你猜猜看」的樣子賊笑。

不幸中的大幸，就是仁子的態度和以前完全沒有兩樣。雖然上次直接見面是三天前，但她就像對春雪轉投其他軍團一事全不放在心上——不，多半是特意這樣表現吧。

既然如此，我也不能一臉陰沉。要和平常一樣！——春雪先這樣說給自己聽，然後把視線拉回龐克女子身上。但還是想不出虛擬角色名稱，要是一直盯著她看，多半會被罵。

「呃……我們在現實世界，是第一次見面吧？」

他戰戰兢兢地這麼一說。

龐克女子塗了帶紫色唇釉的嘴唇綻出笑容，眼睛朝向身旁的仁子。

「好耶，我贏啦。」

「喂喂，春雪～～～～」

仁子語尾拉得很長，大剌剌走過來，對春雪側腹部送上連續手刀攻擊。

「嗚……贏了是怎麼說……」

「想也知道，我們在打賭啊。賭春雪說不說得出她的名字。」

「咦……咦咦！想也知道不行吧，現實世界中沒見過的人，我哪說得出名字……」

「見過了。」

這時插話的，是臉上仍然露出賊笑的龐克女子。

「見……見過？在哪？」

春雪啞口無言地反問，她就默默操作虛擬桌面，最後食指在上頭彈了一下。

緊接著，發生了讓春雪更吃驚的現象。為她的頭髮點綴上色彩的銀色挑染，一瞬間全部消失了。想來多半是用了最新的變色粉……透過讓表層的微細結構變化來控制光折射的微型機器塗料，但民生用的產品才剛上市，照理說應該非常高價。

「好……好厲害啊，這個，別的顏色……」

也可以變嗎？春雪吞下了這個提問。因為他對這個變化，不，應該說變身成一頭純黑層次短髮的女生面孔，產生了似曾相識感。雖然化了哥德妝而難以想像素顏的模樣，但只要將身高扣掉厚底皮靴的份，再把龐克行頭換成水手服……

「啊……該……該不會是，波奇？」

春雪戰戰兢兢地問起，她就慢慢舉起右手，在臉前面比出勝利手勢。

波奇是日珥「三獸士(Triplex)」之一，Thistle Porcupine的暱稱。春雪確實在上週六，前往震盪宇宙大本營所在的港區第三戰區遠征之際，在現實世界與Thistle見了面。但當時Thistle穿著制服，當然也並未化妝，頭髮也沒有挑染。又因為春雪面臨決戰而十分緊張，對她只留下了「似乎很有精神，很機靈的人」這樣的印象。

不知道Thistle是為了贏得和仁子的打賭，才不惜特地用上變色粉來變裝，還是說這就是她平常的模樣。春雪不由自主地想到這樣的念頭，接著才趕緊伸出右手。

「失……失禮了。我是有田春雪，歡迎來到梅鄉國中。」

結果Thistle收起了笑容，以有些為難的表情看了看春雪的手。

仔細想想，這也難怪。即使是在加速世界擔任大軍團幹部的老手玩家，在現實世界仍是個國中女生，所以突然被男生要求握手，也只會覺得為難吧。

「啊，抱……抱歉。」

春雪急忙收起右手，但Thistle仍不抬頭。當春雪僵在原地，仁子就迅速靠過來悄悄說：

「不好意思啊，事情有點複雜，就麻煩跳過握手。」

「當……當然好了。呃……那，我們走吧？」

春雪操作虛擬桌面，把事前就用飼育委員長權限申請好的參觀用入校許可證發給兩人。這和謠辦的許可證不同，可停留時間設有上限，而且參觀者也必須穿著所屬學校的制服或視同校服的服裝，但由於現在是暑假，相信多少可以通融。

仁子與Thistle透過神經連結裝置得到了入校許可證後，春雪帶領她們來到後院的飼育小木屋。謠似乎一眼就看出Thistle是誰，玲那與仁子則是在上個月底的校慶時見過，但玲那與Thistle是第一次見面，所以春雪非得幫她們介紹不可。

「呃……這位是飼育委員井關玲那同學。然後，這位是……」

春雪先說到這裡，才發現自己別說Thistle的學校，連她的本名都不知道。他慌張地暗叫不妙，幸好當事人自己報上了名字。

「我是深谷佳央。請多指教，井關同學。」

「請多指教。叫我玲那就好。」

「那，也叫我佳央就好。」

兩人同時咧嘴一笑。玲那是辣妹系，Thistle／佳央則是龐克系，雖然流派不同，但兩者之間似乎有些相通之處。

佳央收起笑容，朝裡頭的小木屋看去，就佩服地說著：

「好棒的小木屋啊，而且感覺要養鷲鳥或鷹都行。可是，盛夏可能就有那麼點難捱了。」

「就是說啊。還只是七月，就熱成這樣了。」

「可以跟小咕打招呼嗎？」

聽到佳央這麼說，玲那朝謠瞥了一眼。謠立刻點頭，佳央就壓低腳步聲，走近小屋，隔著鐵絲網看過去。春雪等人也挪到看得見裡頭的位置。

「小咕，嗨。」

小咕才剛被餵飽，似乎在棲木上打盹，但佳央一叫，牠就睜開一隻眼睛。看來牠果然不是心情或身體不舒服，只見牠把兩邊翅膀張到最大來打招呼，然後又回到了午睡模式。

「喔喔，好漂亮的白角啊。」

佳央小聲說出感想，然後轉過身來繼續說：

「夏天要寄養在我家這件事，我是完全ＯＫ，但畢竟重要的是小咕能不能待得自在。眼前就先住個一晚試試看，再決定怎麼做，這樣行嗎？」

【ＵＩ＞當然可以。】

謠立刻這麼回答，又繼續敲打投影鍵盤。

【ＵＩ＞我們也非常清楚這是不情之請。即使有困難，也請千萬別客氣，直說無妨。】

「謠謠還是一樣太牢靠了。」

佳央先苦笑了一會兒，看著春雪與玲那說。

「小咕就由謠謠送來，不過春雪和玲那要不要也來我家？」

「咦？呃……」

春雪正吞吞吐吐，玲那就先回答了：

「佳央仔，謝謝妳邀我。可是再過一會兒，我就得去接妹妹了。」

「妳妹妹在保育園？」

「不是，是幼兒園的托兒所。今天是星期六，所以得早點去接。」

「這樣啊。總不能請妳妹妹也一起來嘛。」

「啊哈哈，實在不行。」

春雪聽著兩人的談話，轉著略有些消極的念頭。

如果玲那不去，那麼去佳央家拜訪的人，就全都是超頻連線者。等小咕搬家的事情忙完，就很可能會提到春雪轉投其他軍團的話題。雖然不能一直逃避，但現在他還沒有自信能夠冷靜談論這件事。

「那，Cro……不，小春要怎麼辦？」

聽佳央問起，春雪放低視線回答：

「呃……我等一下，也有點事情……還有，今天好像只要我在場，小咕就沒辦法鎮定下來……」

「搞什麼，你不來喔？」

這個說得不滿的是仁子。春雪和她也已經三天沒聯絡，所以也覺得得找機會好好談談才行，但現在還是只能露出生硬的笑容。

所幸仁子立刻將不滿的表情重置，雙手輕輕一拍。

「算了，有事也沒辦法。可是，你至少要幫忙準備搬家喔？」

「那……那當然了。」

春雪連連點頭，跑向用具間，準備拿出小咕用的攜行籠。

謠與佳央在小咕的腳環安上綁腳繩與牽繩時，春雪領著仁子去花圃。

仁子看到閃出綠色光澤的櫻桃新芽，以幾乎整個人都跳起來的勢頭擺出握拳姿勢，和春雪擊掌三次之多——到這一步是很好，但後來突然進入擔心模式，怕會枯萎，又怕被蟲子或鳥吃掉，擔心這擔心那的，所以春雪保證會在花圃蓋上防蟲網，並設置太陽能式的監視器，這才勉強安撫下來。

回到小木屋一看，小咕正好裝進了攜行籠。春雪與玲那，帶著仁子、佳央與謠一起去到校門，目送三人離開。

春雪原以為佳央是練馬區的居民，但聽來其實是中野區。仔細想想，中野區的北側，也就是中野第一戰區，從以前就是日珥的領土，所以就算她住那兒也一點都不奇怪。

「……走掉了呢。」

等謠她們的身影被青梅大道的人潮淹沒，再也看不見，玲那喃喃說了這麼一句話。

「嗯……但願小咕會中意深谷同學的家。」

「我看應該沒問題吧？而且佳央仔是個好孩子。」

「說得……也是。」

對此他能夠全面贊同。

聽說佳央——Thistle Porcupine，一開始聽到日珥與黑暗星雲的合併計畫時，如實表示了反對的意思。但等她知道仁子堅定的覺悟之後，就盡力去說服團員們。

既然如此，她對於春雪換軍團，不，應該說對於他的背叛，內心應該懷抱著不平靜的感情。但她卻不把這些表現在說話聲音和表情中，承擔下了讓小咕借住的大任。

是不是應該要立刻聯絡仁子她們，說我還是去一下呢？然後用自己的話，好好說明發生了什麼事情，再跟大家道歉？

春雪用力按捺住了這剎那間的衝動。

哪怕千言萬語，也絲毫不足以償還自己的罪。至少，得持續戰鬥到不再有任何一個對手來挑戰，否則就連對大家道歉的資格都得不到。

「委員長，你又一臉很嚇人的表情了。」

突然被這麼一說，春雪眨了眨眼睛，然後轉頭看身旁。

玲那再度浮現出關心的表情，先朝周圍瞥了瞥，然後放低音量說下去。

「……委員長，和謠仔、仁仔、佳央仔……還有之前來玩的志帆子和小綸她們，在我不知道的地方透過某些東西有聯繫，這我隱約看得出來。然後，剛才委員長說的『背叛了重要的人』，也跟那某些東西有關吧？」

「咦…………」

春雪先張大了嘴，接著才拚命思索該怎麼回答。

由於來到飼育小木屋的人員當中，也有不少外校的學生，會覺得存在某種關係是很自然的。雖然多半還無法推測關連是在於都玩了一款完全潛行型的對戰格鬥遊戲，但聽玲那的口氣，似乎猜到他們之間的關連是不太方便搬到檯面上說的。如果繼續掩飾下去，也可能會引來不必要的誤會。

——乾脆邀井關同學來玩BRAIN BURST如何？

春雪忽然冒出這樣的念頭，但還是先把這個念頭按回腦海深處。

畢竟他不知道玲那是否滿足要成為超頻連線者的第一條件——從出生後就佩掛神經連結裝置——而且也沒有人可以保證她喜歡遊戲。而即使兩個條件她都滿足，現在的加速世界，也很難說是能讓初學者玩出對戰樂趣的地方。

最後春雪說出口的話，雖然是以前就在考慮的事情，但從狀況而言，不免太唐突了些。

「……我說，井關同學。」

「嗯？」

「妳要不要跟我一起，參加學生會幹部選舉？」

「啥啊！」

玲那發出整個狀況外的驚呼，用力搖動雙手大喊：

「委……委員長你沒頭沒腦說什麼啊！學生會這種事情，怎麼想都不適合我吧！」

「要說這個，我也不適合啊……呃，當C班委員長的生澤真優同學，妳知道吧？」

聽春雪問起，玲那先眨了眨眼，然後點點頭。

「知道是知道……可是我跟她幾乎沒聊過啊。」

「這樣啊。其實，是前不久生澤同學來找我和阿拓……黛拓武，邀我們一起參選。可是，幹部選舉是四人團隊制，所以還需要一個人……」

「就算是這樣，也太沒有必要邀我了吧。怎麼想都覺得有別人更適任吧？像倉嶋妹妹就是啊。」

「啊……」

邀請千百合擔任團隊第四人的方案，春雪先前也並非完全不曾考慮過。然而——

「她感覺就完全不會有興趣，而且生澤同學對我說過。她說團隊成員該選的不是要好的朋友，而是認為適合擔任學生會工作人員的人選……」

「既然這樣，那就更……」

玲那一句話說到一半，被一陣輕快的鐘聲打斷。換作學期期間，這告知第四堂課結束與午休時間開始的鐘聲會令人喜悅，但在正值暑假的現在，就單純只是告知現在時刻是十二點三十分的合成音。

當經由神經連結裝置送進聽覺的鐘聲響完，玲那就「嗯～～」地沉吟了一會兒後，說道：

「不好意思，我差不多得去換衣服接妹妹了。委員長，剛才那件事，我們可以明天再繼續談嗎？」

「當然可以了，可是……」

春雪望向後院，玲那似乎也因而想起小咕已經搬走了。

「對喔，從明天起就不用值班了嘛。呃，那，我晚上打給你。那就先這樣，辛苦了！」

「嗯……嗯，辛苦了！」

打給我，是用語音通話，還是完全潛行的通訊啊？……春雪忍不住想著這樣的疑問，玲那朝他揮揮手，跑向樓梯間。

春雪獨自一人被留在校門旁，細而長地呼出一口氣，靠到鋪了石板的門柱上。

第一校舍對面的校庭，傳來運動性社團學生們的吆喝聲。田徑社的千百合多半正在跑道上練習，參加劍道社的拓武，應該也正為了八月中旬的關東大賽做準備而在武館練習。只是話說回來，他們應該也有午休時間，如果現在立刻聯絡，應該是可以見上一面。

但春雪雙手無力地下垂，呆立在原地。

他對拓武與千百合都一樣，從特斯卡特利波卡攻略戰後的會議結束以來，就完全沒說過話。兩人都發過郵件給他，但他只回了：「之後我會再聯絡」就置之不理了。沒有臉見他們固然也是理由之一，但更是因為還有一個重大問題。

今天是週六——也就是加速世界中進行領土戰爭的日子。

現在，震盪宇宙大本營所在的港區第三戰區，已經成為黑暗星雲的領土。當然震盪宇宙這方面應該也會為了奪回領土而派遣最佳陣容來進攻，但黑暗星雲是會進行防衛戰，還是會認為沒有這個必要而放棄，這點春雪並未收到通知，而且也不應該知道。因為春雪是震盪宇宙的一員，如果白之王或其他幹部們問起他有關黑暗星雲的情報，他就不能不回答。

從這點來看，震盪宇宙方面的動向實在詭異。春雪明明給了郵件位址，但這三天來完全沒有聯絡。從剛才十二點三十分的鐘聲響起後，距離領土戰開打的四點，只剩下三個半小時。春雪本以為白之王是打算拿自己當間諜來用，但在領土戰即將開打之際才得到情報，也無法反映在作戰計畫當中不是嗎？

事情巧得就像看穿了他的這種心思——

春雪的視野中，亮起了收到郵件的圖示。

「…………！」

他倒抽一口氣，一邊凝視圖示右側顯示的寄件人名稱。上面以英文字母寫著【Sleepy】，也就是「瞌睡蟲」。是震盪宇宙的Snow Fairy。

現在春雪只連上校內區域網路，她是怎麼從外部寄來郵件的……他一邊為此戰慄，一邊舉起僵硬的右手，點開圖示。展開的視窗上，內文只有一行字。

【十二點四十分去接你。】

這行太簡潔的訊息後頭，貼了計程車的預約連結。一點下去，就開啟了附近的地圖，以發出藍光的線條顯示車的移動路線，預計抵達時間則以同色的標記標示。現在車子正沿著青梅大道由西往東行駛——

「呃，根本已經來了嘛！」

春雪先小聲呼喊，然後求救似的往四周張望。但看不見伙伴的身影。而且春雪已經不是黑暗星雲的團員，所以要如何因應Fairy的指示，他必須自己一個人決定。

春雪又朝校庭的方向看了一眼，然後轉過身，跑向校門外。

3

春雪在離校門往東不遠處的路口穿越青梅大道，來到道路的另一側，然後趕往對方指定的座標。

他一邊奔跑，一邊將神經連結裝置連上全球網路。校內區域網路在走出校地時就已經切斷，所以要搭上計程車就非得連上全球網路不可。雖然有可能接到挑戰，但就等接到再說。

設置於人行道一角的計程車專用停車空間上，浮現只有春雪看得見的投影標籤。上面顯示的倒數計時還剩二十秒。幹線道路上的自動駕駛計程車，是只要預約的乘客不待在指定位置，就會直接開走，所以時間點真的抓得很緊湊。

「至少也在五分鐘前講一下啊……」

春雪忍不住抱怨，但一看見開到眼前的車，就啞口無言地下巴都掉下來了。

這的確是自動駕駛計程車沒錯，但並不是常見的雙座式袖珍車款，而是全黑的大型休旅車。春雪心想會不會是別人預約的車，左右看了看，但沒有別人在，而且車頂上確實有著投影標籤在旋轉。

休旅車連一公分的誤差都沒有，就在春雪面前停下，打開了副駕駛座的車門。春雪感受著空調的涼風往裡頭看去，駕駛座上當然無人，方向盤也收納在儀表板下。

春雪做出覺悟，溜進車內，坐到軟綿綿的副駕駛座上，繫上安全帶。車門發出有高級感的聲響關上後，擋風玻璃顯示出預計行駛路線與預測抵達時刻。目標是港區白金四丁目的一角。地圖十分簡易，並未記載建築物的名稱，但不用去查，也知道目的地有什麼。從現實世界闖進震盪宇宙大本營的一刻終於來臨了。

方向燈的警示聲響起後，大出力的馬達低聲運轉，休旅車順暢地起步。車迅速挪到右側車道，開始順著車流行駛。

既然如此，就好好享受搭這種平常很難有機會搭到的高級車兜風的樂趣吧。春雪想到這裡，全身靠上座椅，把飄散著淡淡香氣的冰涼空氣深深吸進肺裡。他一邊慢慢吐氣，一邊心想倒是都沒聽見語音導覽。正當他開始納悶——

「午安，Crow。」

「咦耶啊！」

突然聽到背後有人叫自己，春雪嚇得發出尖叫。

他先定格好一會兒，才戰戰兢兢回過頭去，隔著座位看向後座。

結果看見狀似同年代的兩名女性並肩坐在那兒。之所以沒有語音導覽，似乎是因為已經先

有客人上車。

後座將調光車窗的顏色調到最濃，所以光線很昏暗，已經習慣強烈日光的眼睛，一時間認不出臉孔。春雪連連眨眼，然後拚命凝視，這才總算看出這兩人是誰。

坐在春雪正後方，穿著淡藍色連身裙款制服的嬌小女生是越賀莓。她是震盪宇宙「七矮星」中位列第三的「暴躁鬼」Rose Milady。先前說話的應該就是莓吧。

而坐在她身旁，有著一頭輕柔短髮的女生──

「嗚噁！若……若宮學姊？」

春雪又發出驚呼聲，若宮惠以半翻白眼的眼神瞪了他一眼，說道：

「不用叫出嗚噁這種聲音吧，有田。你就那麼不想見到我？」

「哪……哪裡，完全不會，一點也不……倒是學姊身體還好嗎？」

春雪先猛力回頭，然後戰戰兢兢地問起，惠就讓噘起的嘴露出淡淡的笑容，點了點頭。

「嗯，已經完全沒事了。」

「是嗎……」

春雪鬆了一口氣。

在梅鄉國中學生會擔任書記的若宮惠，是名為Orchid Oracle的超頻連線者，這件事春雪還是一週前才知道的──就在上週六進行的那場與白之團的領土戰爭中。

Oracle以讓Blood Leopard／掛居美早都譽為「加速世界最顛峰招式」的心念「範式瓦解」(Paradigm Breakdown)，從領土戰空間中切下半徑廣達兩公里大小的區域，轉移到無限制中立空間。讓她這麼做的人是白之王White Cosmos，而Oracle會聽命行事，則是因為Cosmos說會讓她與Milady的「上輩」Saffron Blossom復活。

但當Oracle從春雪口中得知，讓Saffron點數全失的就是白之王本人後，就發動成對的心念「範式復原」(Paradigm Restoration)，將戰場再度轉移回領土戰空間。多虧她的這個舉動，讓黑暗星雲驚險地從震盪宇宙手中拿下勝利，但Oracle卻因此付出重大的代價。

雖然不知道實際上發生了什麼事，但Oracle的精神被連上不屬於自己的加速用量子迴路，現實世界中的惠因而陷入了昏睡狀態。

春雪與萏在無限制中立空間發現，並救出裡頭的Oracle，是在本週的週一。惠原本住進位於世田谷區的一間大醫院，意識清醒還過不到五天，但似乎已經康復到可以像這樣出來行走。

這非常可喜，然而——

「…………那個……越賀姊、若宮學姊……妳們兩位，知道這輛計程車，是開往恆……我是說開往永女嗎？」

春雪從副駕駛座上把身體扭轉到極限，丟出這個新的問題後，兩人就同時點頭。

「怎麼可能不知道。」

「視窗上就顯示了目的地啊。」

聽到荟與惠冷靜的回答，春雪本來要說「知道就好……」但隨即又加以否定。怎麼想都不好。

「不不不，既然這樣，妳們為什麼上車啊！妳們兩位都要脫離震盪宇宙，轉到別的中規模軍團對吧？現在跑去永女，會被抓起來審問……甚至有可能被連續對戰圍毆啊……」

「那種事情，我這麼一下就讓他們自討苦吃。」

荟先在空中彈響一記空氣彈額頭，然後鄭重表情說：

「也是啦，我們也知道不是用說的就能了事。可是，不管是我還是Orcy，都還沒有正式告知要離開軍團。就算是Cosmos，也總不能沒有根據就制裁我們吧。」

「……嗯～～……」

春雪無法真心同意，把頭歪到極限。

「可是，對方可是那個White Cosmos啊。怎麼想都不覺得跟她講道理會說得通，而且若宮學姊在上週的領土戰中，擅自把空間轉移回去，就被那樣處罰……也不能說都沒有會淪落到一樣下場的危險吧……？」

「對喔，都還沒好好跟你道謝呢。」

惠說完這句話，在座椅上挺直腰桿，然後朝他低頭。

「有田，謝謝你救了我。」

「哪……哪裡，幾乎全是靠越賀姊……」

春雪一縮起肩膀，蒼就立刻插話：

「我不喜歡過度的謙虛，所以就什麼都不說了。」

「不……不用說啦。那……我們回到正題，如果就這樣闖進永女，若宮學姊又會被迫附身到Cerberus上……我是這麼想啦……」

一說起Wolfram Cerberus的名字，胸中就一陣刺痛，但春雪勉強忍了下來，等待兩人回答。

惠與蒼一瞬間交換了視線，然後以正經的表情回答：

「我也並不是理解整套運作邏輯，不過……Cosmos的『反魂』能力，也可以說就是一種存取主視覺化引擎的權限。」

「是……是的。」

聽她一說，就覺得的確如此。

White Cosmos，就是去干涉存在於BRAIN BURST中央伺服器——別名主視覺化引擎——當中的各超頻連線者加速用量子迴路，引發了諸多奇蹟——不，應該說是魔鬼般的現象。

復活初代紅之王「槍匠（Master Gunsmith）」Red Rider復活，讓他製造大量ＩＳＳ套件；讓「掠奪者」Dusk Taker附身在Wolfram Cerberus的右肩裝甲上，製造出災禍之鎧MarkⅡ；連Orchid Oracle也被關在

Cerberus體內，強制她發動「範式瓦解」——春雪認為這些所作所為，多半就如惠所說，是直接操作主視覺化引擎所引發的。

但如果用其他遊戲來比喻，就像是駭進伺服器內，直接改寫內部資料。直至今日，BB系統對於玩家的作弊行為——就像拓武以前用過的開後門程式——都無一例外地全部封堵住，為何卻會放過白之王的入侵行為？難道說，「反魂」是系統所給予的正當能力嗎？

惠似乎感受到了春雪的疑念與憤慨，開導似的說：

「……可是，Cosmos力所能及的範圍，原則上只涵蓋到已經點數全失而退出的超頻連線者量子迴路。她無法操作現役玩家的迴路，而且如果可以，應該早就殺了五個王而升上10級了吧？」

「啊……說……說得也是……」

春雪先點點頭，又急忙搖頭。

「可……可是！若宮學姊附身到Cerberus身上時，應該是被視為現役玩家吧？既然這樣，為什麼……？」

「有原則就有例外呀。BRAIN BURST尤其如此。」

說出這句話的是萏。春雪的視線一對過去，萏就撥開遮住右眼的瀏海，說出了他意料之外的一句話。

「那有指令。」

「指令？妳是說語音指令？像是超頻登出，或是物理加……好險！」

「等等……你白痴啊！」

「冒失也該有個限度！」

春雪差點白白浪費了5點，兩人立刻投以辛辣的評語。萏深深嘆氣，改由惠再度開口。

「有田你剛剛差點發動的ＰＢ（物理加速），是列在系統畫面的正規指令，但也有著ＰＦＢ（物理完全加速）這樣的隱藏指令。其中也存在著解除自己量子迴路保護的指令。雖然我不會教你。」

「我……我也不想知道。」

春雪先用力搖頭，然後以沙啞的嗓音問起：

「可……可是，為什麼會有這樣的指令……？」

「這我就不知道了。可是Cosmos……嚴格說來是『Doc』那傢伙讓我唸出這個指令，奪走了我的量子迴路操作權限。」

「Doc……？」

春雪聽見這個陌生的名字，先歪了歪頭納悶，然後發現這和「暴躁鬼」、「瞌睡蟲」一樣，是《白雪公主》中登場的七矮人之一。記得在日語版是翻譯為「老師」。至於說到「七矮星」當中，有哪個超頻連線者和這個外號最搭——

「妳說的『老師(Doc)』，該不會是指Ivory Tower？」

「答對了。」

惠以毫不遮掩嫌惡的表情點點頭，然後把背靠到椅背上。

春雪這才留意到，惠穿著梅鄉國中的制服。連純白的上衣衣領都仔細燙過，該說真不愧是現役學生會幹部嗎……他一想到這裡，就想針對去年的選舉問東問西，但立刻自制地想到，現在不是做這種事的時候。

「呃，這也就是說，若宮學姊的量子迴路……就是光方，還在白之王的控制下對吧？如果是這樣，我覺得去永女還是太危險了……」

「保護解除指令，有三十分鐘的限制。」

對於春雪的擔憂，惠回以這麼一句話。春雪一瞬間心想「那就好」而正要放心下來，但立刻又湧起新的不安。

「有時間限制這件事是誰說的？如果是Ivory Tower……」

「放心吧，不是『Doc』，也不是Cosmos。我在無限制中立空間發聲唸出指令時，就跑出了系統訊息，說效果三十分鐘就會結束。」

「原……原來如此……」

春雪這次終於信服，放鬆了肩膀的力道。

然而緊接著，他想到一個可能，又再度朝後座探出上半身。

「若宮學姊，請問一下！」

「什……什麼事？」

「這個，學姊附在Cerberus身上時，他當然也在場吧？」

「當然在了。」

「既然這樣，學姊知道他是誰嗎？像是他的本名，或是住在哪裡……」

春雪問得激動，惠則輕輕搖頭。

「不。我和Wolfram Cerberus是那個時候才第一次見到，當然在現實世界中也一次都沒見過。而且他從一開始到最後，都一句話也不說……」

「……是這樣啊……越賀姊呢……？」

春雪懷著一線希望看向荅，但得到的回答是一樣的。

「我也只知道虛擬角色名稱。加速研究社的成員和震盪宇宙的團員，基本上沒有交流。」

「……是這樣嗎？謝謝妳告訴我……」

春雪一低頭行禮，就覺得一直扭向後方的脖子很痛，先把身體轉回正面。

他把背靠在人工皮革的座椅上，輕輕呼出一口氣。

黑雪公主等人即將展開四神玄武攻略戰之際，春雪在Highest Level呼喚了Cerberus。

我一定會去救你，淨化災禍之鎧MarkⅡ，終結加速研究社的圖謀。到時候，我們再來對戰吧——他是這麼呼喚的。

這誓言他非得實現不可。然而現在，他應該專注於眼前的狀況。

春雪用深呼吸來讓心情鎮定，推動思考。

眼前，惠的精神似乎沒有再度受到囚禁的危險，春雪與蒼也是只要不唸出所謂的保護解除指令，應該也不會有同樣的下場。然而，這麼說來，Snow Fairy為什麼不惜支付高額的計程車費，也要把他們三人叫去聖永恆女子學院呢？而蒼與惠，又是為了什麼理由而不拒絕，答應她的召集呢？

……不，這點我也一樣吧。

不發出聲音這麼低喃後，他便從放在身體前方的保冷袋中拿出保溫瓶，喝了一口冰涼的運動飲料。

春雪收到Fairy的郵件時人在學校，所以如果他想以委員會正在活動為由，也是可以躲過這次召集。然而，到頭來他還是聽從了指示。理由就是，春雪是震盪宇宙的一員。雖然他對這個軍團沒有感情，也沒有忠誠或歸屬感，但他不能，也不想說謊來躲避召集。軍團團員就是這麼回事。蒼，甚至連所受待遇殘酷至極的惠也不例外——

春雪抬起低垂的頭，朝擋風玻璃一看，發現計程車不知不覺間已經開出杉並區，進入了中野區。如果只有自己一個人，他會想挪到駕駛座上，感受當駕駛的感覺，但在荅與惠面前，就不能做出這麼幼稚的舉動。還是享受一下車高較高的休旅車特有的視野就好吧。正當他想到這裡——

「……對了，我趁現在先把話說清楚。」

突然聽到後座傳來惠說話的聲音，春雪再度回過頭去。

「請……請問是什麼事？」

「有田，等回到杉並，你要好好跟公主談談。」

「咦……」

春雪還呆住不動，荅也乘勝追擊。

「就是啊。回去以後要立刻跟她聯絡，這是命令。」

「這……我……我倒覺得輪不到越賀姊來命令我啊……」

春雪一這麼嘀咕。

「你強化劍的點數，是哪裡的誰幫你出的？」

「唔咕！」

這句話讓他無從反駁。

為了劈開太陽神印提，春雪必須對愛劍輝明劍（Lucid Blade）施加「高熱傷害無效」的強化，但鐵匠NP

C提出的點數價碼高得驚人，春雪手上的點數根本不夠。正當他不知所措，菪就幫他全額付清了。

當然他是打算總有一天要好好還清，但這不是努力獵公敵一兩個月就賺得回來的，而且還有更根本的問題，那就是如Zelkova Verger所說，現在要在無限制中立空間獵公敵，風險實在太高。要連本帶利奉還，首先就得處理掉特斯卡特利波卡……春雪想到這裡，忽然發現不對。

這幾天來，他只等著接受挑戰，並未查看系統畫面，所以完全忘了一件事，但當初擊破太陽神印堤時，應該已經得到了大量的點數，而且記得還掉了三四個物品。只要其中有一個是超級特殊的稀有道具，賣掉之後也許就還得清。他本來打算要把印堤掉落的獎賞分配給攻略團隊所有人，但如果是用來償還給菪，相信誰也不會有話說。

春雪想立刻查看物品欄，但在非加速狀態能夠查看的，就只有對戰虛擬角色的能力值。可是，只為了查看物品欄而消耗1點點數來加速，又太浪費了。

春雪正瞪著虛擬桌面上的BB圖示遲疑，就聽到菪又說話了。

「我話先說在前面，點數不用還我。但是剛剛的命令你要嚴格遵守，知道嗎！」

「……知道了。」

春雪不得已，點了點頭，

菪與惠口氣雖然辛辣，但感受得到她們是在為他擔心，而且謠、仁子，以及其他伙伴們應該也是一樣。春雪對黑雪公主道歉的這件事愈是拖延，就愈會增加大家的憂慮。

他明白這點。痛切地明白。

右轉方向燈閃爍，休旅車從青梅大道開進了山手大道。現在是週六白天，但道路很空，導航系統說再過二十分鐘就會抵達。

春雪既希望分秒必爭地盡快抵達，又希望被突發性的塞車阻礙而遲到。他懷抱著這兩種相反的心意，凝視前車的車尾。他沒吃午餐，但似乎是因為太緊張，完全感覺不到飢餓。

雖然不知道去到的地方，會有什麼樣的面孔等著他，但至少發了郵件來的Snow Fairy肯定在場。

——國王的心血來潮也真令人傷腦筋說……明明故事的最後一頁都已經近了。

Fairy在與春雪邂逅的Highest Level，說過這樣一句話。

最後一頁。這句話是指末日神特斯卡特利波卡，從太陽神印堤這個外殼中解放出來的這個狀況嗎？還是說，後面還剩下尚未翻到的書頁？

計程車通過初台南交流道，開進了山手大道地下的首都高速中央環狀線。盛夏的陽光從背後遠去，被橘色的人工光源取而代之。

「我，討厭隧道。」

右後方的惠喃喃自語。

到頭來，他們全程並未遇到一次塞車，計程車正好就在預估時刻抵達了目的地。費用已經由Fairy事先付清，所以他們直接下車。一下車，就受到灼人的陽光侵襲。但春雪忘了炎熱，呆呆站在原地。

聳立在步道遠處的白堊校門是呈厚重的拱型，左側門柱上掛有蝕刻上「聖永恆女子學院」幾個大字的牌子，右邊門柱上則有著「Aeterna Girls School in Tokyo」字樣的浮雕。門後有著一條綠意盎然的林木道往前延伸。

校地遠比梅鄉國中要大，這點他在加速世界裡來到這間學校時就已經見識過，但當時他滿腦子只想著要救出被Black Vise綁走的仁子，沒有心情欣賞景觀。第一次以肉眼看見的永女風光，感覺不太像是學校，更像是名勝古蹟。

「好啦，要走了。」

忽然間左手被頂了一下，春雪嚇了一跳，看向身旁。

戴著寬邊帽的荅，與撐著淡桃紅色陽傘的惠，雖然對酷熱顯得厭煩，但不顯得緊張。荅是永女的學生，所以春雪還能理解，但連惠都若無其事，這膽力就十分驚人。

「呃……直接進去不要緊嗎？需不需要許可證之類的東西……？」

「Fairy應該會處理好吧。」

聽她這麼說，春雪也只能相信。他跟上開始大步往前走的兩人，穿過石造的拱門。緊接著就有警報聲響起，警衛無人機飛來——這樣的情形並未發生。這裡是超級名門貴族千金學校，所以理應有著萬全的保安體制，但多半也花了很多心思，不把這點顯現出來吧。春雪以這樣的觀點查看四周，發現在一般學校裡都設置得很醒目的公共攝影機，都巧妙地以樹木或路燈等景物遮掩住。

走進完全被枝葉遮住的林木道，炎熱就緩和了些。聽著熱鬧得令人難以想像是在都心的蟬鳴聲，並在左右蜿蜒的石板小徑上走了兩百公尺左右，前方的景物才變得開闊。

不知道是不是中庭，這裡就像梅鄉國中的校庭一樣開闊。地面鋪有令人聯想到歐洲廣場的灰色地磚，左右兩側，以及正面遠方，都有著純白的校舍聳立。這些建築物雖然古老，卻一點也不煞風景，給人的感覺與其說是校舍，更像是博物館。或許因為正值暑假，看不到學生的身影。

薔在中庭入口停下腳步，依序指著一棟棟建築物說：

「左邊是本館，右邊是國中科和高中科的中央校舍，對面是國小科的校舍和聖堂。」

「聖……聖堂……是嗎？」

「記得是在一九二八年建造的吧……」

「也就是說……屋齡一百二十年！」

看到春雪大吃一驚，惠嘻嘻一笑。

「如果晚點有時間，你可以進去看看。那……會議要在哪裡開啊，Rosy？」

「就平常那裡吧？」

茖這麼一回答，就開始走向右手邊的中央校舍。

四層樓的校舍，比起本館與國小科校舍，是比較有學校的樣子，但高聳的中央棟正面有著巨大的彩繪玻璃，給人一種宮殿的感覺。

他們在樓梯口換上來賓用的拖鞋，終於走進建築物內部。這年頭罕見的天然木材地板打蠟打得光澤透亮，飄散出淡淡花朵般的香氣。雖然很遺憾的並沒有空調，但現在完全處於無人狀態，說來也是當然。

「這邊。」

茖朝春雪一招手，走向鄰接樓梯口的樓梯間。三人並肩走在陽光穿透彩繪玻璃照亮的樓梯上，一心一意往上爬。爬到呼吸有點喘時，才總算爬到最高樓。

他們在鴉雀無聲的走廊上往北行進。從左側的窗戶，可以將廣大的中庭盡收眼底。

短短一個月之前，春雪就在無限制中立空間內的這個地點，和Argon Array、Black Vise，以及控制了Wolfram Cerberus的災禍之鎧MarkⅡ打過。當然現實世界中的中庭看不到一丁點激鬥的痕跡，但他就是覺得只要用心傾聽，就會聽見些許轟隆聲的殘響。

那場戰鬥打到一半，春雪和「四聖」之一的大天使梅丹佐連結，借用Centaurea Sentry的說法，就是成了「契約者」。之後他與梅丹佐共同歷經多場死鬥，最後一起轉投震盪宇宙，然而……這三天來，即使是加速時，她也並未發出連結邀請。梅丹佐現在正待在Sky Raker的玩家住宅「楓風庵」，修復與特斯卡特利波卡戰鬥時所受的損傷，但記得她說過，不需要像以前那樣進入完全自閉模式。

春雪一邊想著等到自己從永女生還，就主動聯絡看看，一邊跟在薔與惠的身後行進。

長長的走廊終於走完，最裡面出現一扇門。只有這裡不是採用拉門，而是厚重的雙扇對開門。掛在上方的黃銅牌子上，寫著「國中科學生會室」。

薔踩著堅決的步伐，從校門一路來到這裡，到了門前一公尺處才終於停下。

站在身旁的若宮惠，手輕輕放到薔肩上。惠以國三女生而言算是比較高挑，同學年的薔則嬌小得會讓人錯以為是國小生，所以身高差距很大。但兩人相依偎的身影，即使只看背影，都能感受到她們之間有著確切的情誼。

「走吧。」

惠輕聲一說。

「好。」

薔也點點頭，兩人走向門口。惠與薔分別抓住左右兩側的門把，同時拉開了門。

學生會室內的情形——不是一眼就能看完。因為門口有著彩繪玻璃隔間。

蒼與惠踏入室內後，分別從左右繞過隔間，所以春雪一時間猶豫著不知道該跟向哪一邊。他磨蹭了一會兒後，跟著蒼從右繞過去，結果——

「啊～總算來了～」

聽見一個拉得有點長的說話聲。

總算進入視野的學生會室遠比想像中更大。寬約五公尺，深多半有個八公尺吧。右手邊的整面牆都是書櫃，左手邊與正面則有著古色古香的斜方格窗。室內正中央有著一張巨大橢圓形會議桌，周圍排著一圈高椅背的網椅。

椅子一共多達九張，但其中五張空著。也就是說，在這裡等著春雪等人的震盪宇宙相關人員共有四人。

其中一個，從春雪看去是坐在右側近處的椅子上，髮辮掛在胸前的女學生，把椅背搖啊搖地說了：

「真是的～波咪～人家都等得不耐煩了啦～」

「我只是坐上來接我們的車，沒有理由被妳抱怨。還有，別這樣叫我。」

看來蒼在永女的學生會裡被稱為「波咪」，而她答得冷淡。但女學生似乎也不放在心上，甩動長長的辮子嘻嘻直笑。

「咦～不是很可愛嗎～理理也這麼覺得吧～？」

她拉長語尾問到的對象，是坐在對面椅子上的男學生。

即使坐著，也一眼就能看出他的身高相當高。身穿簡樸的白上衣與黑色休閒褲，體格強健得像是有練格鬥技。髮型是兩側剃平，很有清潔感的運動平頭，戴著很厚的黑框眼鏡。

為什麼女校的學生會會有男生……春雪納悶地眨了眨雙眼，對方就以沙啞的低音回答：

「不不不，妳徵求我同意，我也很難回答。而且我可不記得接受過妳說的理理這個綽號。」

與剽悍的外表不搭調的殷勤口氣，微微刺激到了春雪的記憶，但他一時想不起是在哪裡聽過。眼鏡男生朝皺起眉頭的春雪瞥了一眼，繼續發言：

「更重要的是，現在不是放著客人不理，聊這種話題的時候吧？鷺洲氏，今天負責茶水的人不是妳嗎？」

「咦～是這樣嗎～？」

似乎姓鷺洲的辮子女生一邊做出裝傻的回答，一邊站起，翻起與荅一樣水藍色的連身裙，走向室內深處。會議桌的對面設有沙發組與簡易廚房，這方面的氣氛倒也有點像梅鄉國中的學生會室。

但春雪的視線，被吸引到坐在會議桌遠處的剩下兩名學生身上。

靠在網椅上讀著紙本文庫本的，是個體型纖瘦的男生。他有著時髦的二區分式束感髮型，頭髮底下露出的側臉，美形得令人驚豔——但不知道是不是過敏，明明是盛夏，鼻子以下都以大版型的醫療用口罩遮住，拿著文庫本的手也戴著薄手套。

另一個人則是個與荅差不多嬌小的女生。最先吸引人目光的，是一頭留到將近腰際的平緩波浪捲金髮。那自然而豪華的色澤，讓人怎麼想都覺得不是染的，而是天生的髮色。用這樣的認知去看，就發現她的皮膚也白得晶瑩剔透，簡直像人偶——不對，是像妖精。

妖精。

春雪不知道辮子女生、眼鏡男生、束感髮男生的對戰虛擬角色名稱，但他確信自己看出了金髮女生是誰。他拚命動起僵住的雙腳，從荅身旁穿往前方，以沙啞的嗓音，對似乎正在用投影鍵盤打字的金髮女生問起：

「請問……妳是……Snow Fairy嗎？」

「等我一下。」

少女以略有些口齒不清的甜美嗓音這麼回答後，又讓手指躍動了三秒鐘左右，才猛力按下Enter鍵，連人帶椅轉了過來。

一雙有著金色睫毛，瞳眸呈寶石藍的眼睛，仰頭直視春雪。

「對啊，我就是Snow Fairy。本名是約赫爾特七七子。爸爸是瑞典人，所以才會是這種姓。」

「是一半血統？」

「不是，是One-Eighth。媽媽是丹麥血統四分之三，日本血統四分之一的混血兒，所以我的日本成分是八分之一。」

「One-Eighth……」

這個片語他很陌生，但的確，如果不是北歐的血統這麼濃厚，大概也不會有這麼漂亮的金髮碧眼吧。她的外表就是和Snow Fairy這個對戰虛擬角色再搭調不過，是一種與能力或性向無關的「完全一致」。

春雪看得出神好一會兒，這才回過神來。無論這個少女多漂亮，她就是以有驚人威力的心念「白色結局」殲滅黑暗星雲團員，甚至還試圖切斷春雪與梅丹佐的連結。即使現在隸屬於同一個軍團，也絕對不是可以不設防的對象。

春雪一邊告誡自己不能大意，一邊也做了自我介紹。

「呃……我是有田春雪。是梅鄉國中的二年級生，參加飼育委員會。」

儘管覺得自己劈頭就連不必說的事情都說了，但Fairy＝七七子輕輕點頭，動起淡櫻色的嘴唇。

「我是七年級生……不對，是國中科的一年級生。在學生會當書記。」

藍色的眼睛望向坐在桌子對面的男生們，以有模有樣地命令口氣下了指示：

「你們幾個也自我介紹吧。」

「好好好。」

立刻做出回應的是眼鏡男生。他一板一眼地從網椅上站起，站到春雪正前方，清了清嗓子後，報上自己的名字。

「我是小清水理生。『白樺之森學園』國中部三年級生，擔任學生會副會長。請多指教。」

理生右手按在胸口一鞠躬，春雪看到這種有點像是演戲的舉止，這才總算猜到對方是誰。第一次聽到的校名固然也令他好奇，但首先該問清楚的是虛擬角色名稱。

「你……你該不會是，Behemoth兄……？」

「哦？你竟然沒發現。當然，我就是『嘖嘖精』，又叫『哈巴谷(Habakkuk)』，也就是Glacier Behemoth。』

「對……對不起，嗓音我是記得……」

春雪正覺得惶恐，之前一直保持沉默的惠插嘴了。

「有什麼辦法呢？小清水，你在上週的領土戰爭，就輸有田輸得一敗塗地。要人家記住你，可就太厚臉皮了。」

「不不不，若宮氏，這句話我可不能當作沒聽見。的確我被他折斷了一隻角，但勝負應該是保留下來……對吧，有田氏？」

的確，春雪記得這巨獸型虛擬角色的角，被他以輝明劍破壞後，Behemoth就說過「跟你就留待下次機會，再分個勝敗吧」之類的話。難道現在就要在這裡分個高下……春雪慌了起來，所幸Behemoth不等他回答，就說下去：

「我很期待能再和你交手，但現在正準備迎來一場重要的大戰。我們就擇日再戰……所以，下一位是……」

「輪到愛里了～～」

辮子女生一邊說話，一邊從簡易廚房回來，於是春雪退開兩步，讓出空間。

辮子女生把雙手端著的托盤慢慢放到桌上，然後轉過來看著春雪。

「你就是Silver Crow啊～總算見到你啦～你知道愛里是誰嗎～～？」

辮子女生笑瞇瞇地這麼問起，而她的第一人稱「愛里」多半是本名的下半部分吧。這點看得出來，但這次春雪真的對她的虛擬角色名稱毫無頭緒。

既然四人當中的兩人，是Snow Fairy和Glacier Behemoth，那麼辮子女生也是震盪宇宙「七矮星」之一的可能性就很高。記得Fairy是位列第二，Behemoth是第七，Rose Milady越賀莟是第三，剩下的席次有四個，但她和第一的Platinum Cavalier氣氛完全不一樣，而且如果位列第四的

Ivory Tower／Black Vise，是這個輕飄飄軟綿綿的少女，那可就不只是讓人嚇一大跳了。

這麼說來，不是第五就是第六了吧。但記憶的口袋裡掏不出第五名的虛擬角色名稱，於是春雪乾脆賭在第六上。

「Cy……Cypress Reaper！」

春雪這麼一喊，辮子女生就緩緩舉起雙手，用力比出大拇指。

「答對了～～作為獎品，就給你最大塊的蛋糕～」

聽到她這麼說，春雪不由得看了看桌上的托盤。座鎮在平坦木托盤上的，是一個切分成放射狀的起司蛋糕。但無論怎麼放寬標準來看，都說不上是七等分，最小的一片與最大的一片之間有著相當大的落差。

「愛里，妳就不能切得再平均一點嗎？」

荅傻眼地這麼一說，鷺洲愛里／Cypress Reaper就鼓起臉頰。

「要知道這是七等分耶～～如果是六或八就算了，七等分就算七七也辦不到吧～」

「辦得到啊。」

Snow Fairy回答得輕描淡寫，一群人盯著她看。

「咦～要怎麼分～？」

「把一張長紙對摺三次，不就會有八等分的線？然後攤開紙，把兩端的一格貼在一起，就會形成一個正七邊形的圈，再把圈放到蛋糕正中央做記號就可以啦。」

「是喔～～？這樣會變成正七邊形～？」

春雪一邊聽著愛里說得狐疑，一邊在腦子裡想像將一張紙摺起又攤開。當他理解到的確就如七七子所說的瞬間，不由得叫出一聲：「喔～！」

蓉與惠，以及理生似乎也都同時想通，默默開始鼓掌，於是春雪也加入。晚了幾秒鐘後，愛里才總算大喊：「啊～～原來啊～～！」就在這時……

「不用這麼麻煩……用ＡＲ ＡＰＰ不就好了……」

新的說話聲傳來，春雪當場停下了雙手。

這慵懶的美聲，語尾帶著滿滿的餘韻。春雪雙手起了雞皮疙瘩，整個背一口氣變得冰涼。只有這個說話聲，他想忘也忘不了。無限制中立空間中，位於令和島上的大規模主題樂園——東京城堡樂園的古城裡，那個人對春雪所說的「趁現在先砍掉翅膀吧……」這句冷酷的話，在腦海中鮮明地復甦。

在「七矮星」中位列第一，有著「害羞鬼」、「破壞者」等綽號，騎著純白飛馬的白金騎士——

「Platinum Cavalier。」

春雪呼吸困難地喃喃說出這個名字，坐在桌子對面的束感髮男生，就合上了正在看的文庫本。

他略微轉動椅子，面向春雪。

即使隔著口罩，都在在看得出他的美貌。春雪的好友拓武也相當俊美，但束感髮男生那豔麗的眼睛、高挺的鼻梁，以及彷彿有種吸力的眼睛顏色，都超越了一般人的領域。也許他真的有在當藝人或模特兒，但遺憾的是春雪在這方面的知識無異於零。

春雪一瞬間連戒心都忘了，看得呆呆站在原地，他就對春雪再度發出憂鬱的說話聲：

「白樺之森學園國中部三年級……京武智周……擔任學生會長……」

他報上的學校名稱，與坐在會議桌左端的Glacire Behemoth／小清水理生一樣。既然Behemoth是副會長，Cavalier是會長，想來兩人應該相互知心，為何會坐得這麼遠呢？春雪產生了疑問，但終究沒有膽子問，於是問出另一個問題。

「請問……白樺之森學園是……？」

「隔壁學校～」

回答他的是鷺洲愛里。她拿用來切分起司蛋糕的蛋糕刀，指向北側的窗戶。

「你看，國小科那棟的後面，可以看得到一點點吧？」

「是……是喔……」

春雪踮起腳尖看向窗外，發現在國小科校舍的後頭，的確依稀看得到像是其他學校的建築物群。牆壁的顏色和永女一樣是白色，但以曲面為主體的極簡風設計，給人一種很現代的印象。

「這學校好新啊……」

春雪將腳跟放回地面這麼說，這次回答他的不是愛里，而是理生。

「看起來新，但開校是在二〇一五年，所以屋齡已經三十二年了。當然比起永女的歷史是遠遠不及，但我們白學國中部學生會，和永女國中科學生會從以前就有交流。雖然利用這一點，把兩校安排為軍團據點的，是我們國王。」

「這也就是說……白樺之森學園的學生會，也全都是震盪宇宙的團員了？」

「不不不，學生會幹部裡就只有我和京武氏是。一般學生裡倒有幾名。」

「幾名……」

春雪複誦的瞬間，腦海中產生了一個推測，隨即轉變為確信。他本要說出口，卻在最後一刻改變心意。現在質問理生他們，也很可能被蒙混過去。

「……請問白學是男校嗎？」

他轉而問出這樣的問題，理生就一邊從椅子上站起，一邊搖搖頭。

「如果是這樣，就很有戲劇性，但實際上是男女同校——鷺洲氏，我來幫忙。」

理生繞過會議桌這麼說，於是春雪也急忙說聲：「啊，那我也來……」就要跟上。然而，一隻大大的左手制止了他。

「不不不，你是客人，就請坐著吧。越賀氏和若宮氏，今天我們也當妳們兩位是客人。」

「真不舒服。」

萏皺起眉頭，但仍在書櫃那一側空著的椅子坐下，於是春雪也空出一個座位坐下。惠坐到兩人之間，靠在椅背上，兩腿交疊。

她的舉止很像黑雪公主，讓春雪心想，她遠比外表看起來要有膽識啊……剛想到這裡，春雪才發現不對。她交疊在腹部前方的嬌小雙手，用力得掌骨輪廓都浮現了。

果然惠也在緊張。多半比春雪與萏更緊張。

無論接下來等著的是什麼樣的事態發展，都不能讓惠與萏受到任何迫害。她們兩人都是遠比春雪更高階的元老玩家，所以他終究說不出「我會保護妳們」這種話，但動念總是自由的。

我一定要讓她們兩人平安回家……春雪先下了這樣的決心，然後忽然發現一件事。惠的家位於杉並區下高井戶，但萏應該是住在離永女不怎麼遠的港區南青山。如果是這樣，為什麼計程車抵達梅鄉國中時，萏已經坐在車上呢？

他想小聲問惠這件事，但愛里的聲音早了一步發出。

「來～請用～」

倒了紅茶的玻璃杯，以及放上起司蛋糕的盤子，排在春雪等人面前。就如她的預告，春雪分到的蛋糕，大約有惠她們的一．二倍大。正想到這裡——

「為什麼……最小塊的蛋糕會送到我這邊……」

坐在斜對面的京武智周／Platinum Cavalier，憂鬱的聲調中透出些許的悲傷。放在智周身前盤子上的蛋糕，的確比較袖珍。

「咦～那我們扣掉有田，猜拳來分～？」

聽愛里這麼問起，智周先在口罩下微微嘆氣，然後回答：

「不用了……這樣就好……」

「小周周人真好～」

愛里說出這句讓人聽不出有幾分真心、幾分算計的台詞後，就和理生並肩坐下。

這樣一來，會議桌的書櫃側，從遠到近依序坐著七七子、荅、惠、春雪；窗邊側從遠到近依序是智周、愛里與理生。網椅還空著兩張，但既然蛋糕分成了七等分，多半就表示現在不在場的幹部——Ivory Tower、想不起名稱的第五名，以及軍團長White Cosmos都不參加吧。

之前荅來到有田家時，春雪就曾問起：「永女的震盪宇宙團員之間，是什麼樣的關係？」

結果荅回答：「感覺就像漫畫或遊戲中出現的魔王與部下幹部集團。」她用了這種讓春雪容易想像的描述，但像這樣實際來到永女的學生會室一看，與想像符合的就只有巨大的會議桌，室內很明亮，氣氛也很溫和。

若說會這樣的理由，是White Cosmos與Ivory Tower不在場，那就希望他們今天都繼續缺席，但姑且不說Ivory Tower，沒能和白之王White Cosmos在現實中面對面，總覺得也有些遺憾。當然這不是出於類似追星族的感情，而是對於這個為加速世界帶來這麼多破壞與混沌的超頻連線者，在現實世界中是個什麼樣的人物，甚至是否真的是個會吃吃喝喝，會呼吸的，有血有肉的人，他都想自己親眼見證。

「來，請用～」

聽到愛里說話而抬起頭一看，才發現不知不覺間，六個人的視線都集中到了春雪身上。他們似乎是在等好歹算是客人的春雪先吃。

「啊，我……我開動了！」

他急忙拿起叉子，從有著亮麗黃金色光澤的烤起司蛋糕前端切下一小塊，送進嘴裡。明明很紮實，又像絲絹一樣絲滑的蛋糕在舌頭上消融，幾乎讓臉頰都發疼的濃厚起司風味在口中瀰漫開來。

「好……好吃。非常好吃。」

春雪說出感想，坐在對面的愛里就笑瞇瞇地說：

「太好了～這起司蛋糕，是七七買來的～」

「咦，是這樣嗎？」

春雪微微探出上半身看向右側，坐在惠與萏對面的七七子就以冷淡的語氣回答：

「不是為了你，只是我自己想吃。」

她將切下的一大塊蛋糕送進嘴裡，以正經的表情咀嚼了一會兒後，再度開了口：

「Crow最好也趁現在好好嚐嚐。因為你很快就會沒有這種心情了。」

「這……這話，是怎麼說……」

「別急別急，麻煩的事情晚點再說啦。好吃的東西就得好好享用才行。」

聽理生笑著這麼催促，春雪只好重新在椅子上坐好。的確，心浮氣躁地吃掉這麼好吃的蛋糕，那就是冒瀆了。雖然也或許是因為錯過了午餐，坦白說，他認為和印堤攻略作戰送行會上，仁子與Pard小姐帶來的「海濱烘焙坊（pâtisserie La Plage）」賣的生乳酪塔不相上下。

晚點再跟七七子請教店名和價格區間，如果時間和預算許可，就買回去給黑暗星雲的大家當伴手禮吧。春雪先想到這裡，才接著想到即使買了，也沒有機會分給大家吃。

春雪又是胸口一痛，將這種感覺混著冰紅茶吞下去，然後又吃了一口起司蛋糕。

身旁的惠與萏，也都默默動著叉子。右前方的京武智周，展現了右手在左手拉起口罩的一瞬間，將蛋糕送進嘴裡的技法；他身旁的愛里則露出幸福的笑容，而坐在對面的理生則表情正經得皺起了眉頭。

在加速世界讓春雪無數次聞風喪膽的「七矮星」，在現實世界中也是一群可以把一片蛋糕

吃得如痴如醉的少年少女……一想到這裡，就感受到一種與先前不同種類的痛。

所有超頻連線者，應該都是玩同一款遊戲的玩家。可是從八年前軟體發行後，就一直相互仇視、欺騙、殘殺。

這就是BRAIN BURST的設計思想，說來就是這麼簡單。無論點數系統，還是領土戰爭系統，都是往促成玩家間相互爭奪的方向設計。但如果只是順著這些設計而相互鬥爭，超頻連線者不就只是在開發者手掌上跳舞的傀儡嗎——

「很好吃。」

春雪想要對抗這某種事物，又說了一次。

「就是說啊～！」

愛里笑著應聲。

如果和這群過去展開過熾烈鬥爭的震盪宇宙團員，都能透過一片起司蛋糕而相互理解。那麼在這個方向上，說不定也能找到改變加速世界爭奪結構的道路。

春雪先轉著這樣的念頭，然後將最後一片慢慢送進嘴裡。

但短短十分鐘後，他就吃不完兜著走地體認到自己有多天真。

4

「今天找你們來的理由……有兩個……」

所有人都幾乎吃完起司蛋糕時，京武智周說出的是這麼一句話。

不知不覺間，智周已經換上新的口罩，戴上手套的雙手在胸前交握，將平靜的視線望向春雪說：

「首先……是關於有田的待遇……你投靠震盪宇宙這件事本身，由於我們的王准許，對此我不打算談論其中的是非對錯，然而……對你的評價，在我們當中也有歧見……」

「是……是喔……」

春雪正遲疑著不知道該如何回答，右邊就傳來荅的說話聲。

「你指的是，要不要讓有田參加『訓練課程』？」

「差不多……說穿了就是這麼回事……」

春雪正歪頭納悶，心想所謂訓練課程是怎麼回事，然後才想了起來。記得荅說過，震盪宇宙當中，是由Cypress Reaper與Glacier Behemoth兩人負責指導新進人員。

春雪先朝並肩坐在對面的愛里與理生看了一眼，然後面向智周說：

「這個，如果是這樣，我樂意參加訓練課程……」

記得蒼也說過「比起Sky Raker的特訓，Reaper和Behemoth的訓練根本沒什麼」。既然如此，至少應該不至於會死。

智周彷彿看穿了春雪的這種心思，微微瞇起了雙眼。

「話先說在前面……訓練是在無限制中立空間進行，至少要一個月，長的話會持續半年……承受不了嚴格的訓練而請求退團的人，也不在少數……」

「咦～我們才沒有這麼嚴格～」

愛里插嘴表示不服氣，她身旁的理生也深深點頭。

「就是就是，我和鷺洲氏的指導是十足穩健。畢竟為了避免學員不小心點數全失，我們會事先賦予他們死十次也不要緊的點數。」

這樣可以叫做穩健嗎？春雪大感疑問，但理生若無其事地說下去。

「但現在的問題並不是有田氏能不能承受訓練，而是他是不是真的需要訓練。京武氏即使並未直接和有田氏交手，應該也目擊到了他戰鬥的情形，應該可以推知他的實力吧？」

從口氣聽來，理生似乎是對春雪的能力給予肯定。

但智周那仍然讓人看不出感情的眼神始終看著春雪，輕聲說：

「有田……Silver Crow的戰鬥表現，受精神影響太大……」

「這種事情，誰都會有吧。」

蒼以冷靜的聲調反駁。

「起勁的時候打得贏高於自己的對手，不起勁的時候碰到初學者都可能會摔跤。既然BB是在比拚想像力，就必然會有這情形……你的勝率也不是百分之百吧？」

即使聽到這番不留情的針砭，智周仍面不改色地回答：

「如果是正規對戰，有贏有輸無所謂……然而，在關鍵場面無法控制自己精神的人，沒有資格和我們比肩……」

虧蒼幫他說話，但春雪自己什麼話都反駁不了，只能低頭不語。

自己抗壓性奇差無比，這點他從國小時就有自覺。雖然覺得成了超頻連線者之後，多少能夠有了改變，但他已經足足三天無法和黑雪公主聯絡，所以到頭來，最根本的層面上多半還是以前那個沒用雪吧。

也好，既然被說實力不足，那麼不管要半年還是一年，儘管把我丟去所謂的訓練課程……

正當他暗自這麼想的時候。

「害羞鬼，如果要說資格云云，Crow是第2階的『契約者』，如果算得寬鬆點，甚至還是第3階的『到達者』呢。」

忽然間，七七子──Snow Fairy說出這樣的話來，讓春雪皺起了眉頭。所謂「契約者」，指的應該是和Being連結的超頻連線者，但「到達者」他就沒聽過。而且所謂第2階、第3階這樣的級別意味著什麼，他也不知道。

春雪屏氣凝神，等別人說話，但緊繃的沉默維持了十秒以上。過了一會兒，智周鬆開交握的雙手，輕輕往左右攤開。

「瞌睡蟲……妳應該也和我一樣，主張Crow需要訓練吧……」

「是這樣沒錯，但理由跟你不一樣。」

「具體來說……？」

「不告訴你。」

七七子斬釘截鐵地拒絕後，再度敲打起投影鍵盤。

智周輕輕聳了聳肩膀，視線拉回春雪身上。他彷彿想確認些什麼，右手指尖摸著純白的神經連結裝置，說道：

「無論有田是『契約者』，還是『到達者』，我的評價都不會變……原因很簡單，因為震盪宇宙的存在意義，就只在於保護我們的王，執行王的意志……如果你要說你真心想成為軍團的一員，就必須和其他申請加入者接受同樣的訓練，展現你的決心……」

春雪覺得他那雙睫毛很長的灰色眼睛，就像刀刃似的反光。

京武智周／Platinum Cavalier果然完全不信任春雪。即使如此，也無可奈何。春雪自認對白之王獻上了不折不扣的忠誠，但他沒有手段可以證明自己不是黑暗星雲送來的間諜或刺客。

春雪拚命動起不知不覺間僵住的嘴，說道：

「我明白了。既然有必要，不管訓練還是什麼事情我都做。」

「咦～～～～」

這個出聲表達不服氣的，是理應作為訓練教官的鷺洲愛里。

「如果有田真的是契約者，又是到達者，根本輪不到我們出場吧～就算直接叫他去做最終課題，多半也會一次就過關喔～？」

「最……最終課題，是怎樣的課題？」

「單人討伐巨獸級（Beast）～」

──辦不到辦不到！

春雪勉強忍下想這麼大喊的衝動。巨獸級公敵在五個分級中居於正中間，但更高的神獸級（Legend）與超級，都是除非有意去挑戰，否則遭遇到的可能性幾乎是零，所以實質上可以說是加速世界最強的敵人。先前為了救出若宮惠而闖進的東京中城大樓裡，他就和神獸級公敵「英靈戰士（Einherjar）」對打並取勝，但敵方受到白之王馴服而導致能力值降低，而且春雪只是在胸甲上微微切開個缺口，實際上給予最後一擊的是同行的茖。

「請問……震盪宇宙的團員，全都做完了最終課題嗎……？」

他戰戰兢兢地這麼一問，理生就苦笑著說：

「不不不，如果是這樣，我們也不用這麼辛苦了。能夠過關的，除了『七矮星』之外，只有兩個……不，三個人吧。」

「這……這也夠可怕了啦……」

上週的領土戰爭，震盪宇宙即使不多方玩弄計謀，只靠硬碰硬是不是也打得贏黑暗星雲……春雪先不由自主地這麼想，隨即又打消了這個念頭。憑黑雪公主他們，無論陷入什麼樣的狀況，最終應該都會得勝。

沒錯……以後也是一樣。哪怕春雪將與她為敵。

春雪在大腿上用力握緊雙手，說道：

「……我明白了。請讓我挑戰這最終課題。」

「有田。」

身旁的惠輕輕叫了他一聲。

「真是沒轍。」

對面的理生微微搖頭。但春雪已經不能取消自己的發言。

智周聽了春雪的宣言，那沒有一絲髒汙的醫療用口罩微微動了。不知道他是想說話卻又打消主意，還是微微笑了笑。

緊接著，平靜的嗓音說了下去：

「死在巨獸級手下……有可能會陷入無限ＥＫ喔……到時候，你打算怎麼辦……」

春雪先深深吸一口氣，停頓了一瞬間，然後回答：

「到時候，就請丟下我別管。」

5

以往春雪潛行到無限制中立空間時，幾乎一定會透過在事先設定好的時刻來臨時，就會自動斷線的安全裝置。只要有這樣的措施，哪怕陷入無限ＥＫ狀態，即使會死上幾次，也能夠避免點數全失。

但既然他今天已經誇下海口說「無限ＥＫ正合我意」，也就不能要求設置安全裝置。令他震驚的是，京武智周等人以往也不使用安全裝置。就不知道是對自己的實力那麼有自信，又或者是有著自動斷線裝置以外的安全措施。

春雪一邊轉著這樣的念頭，一邊用Fairy送來的ＩＤ，將神經連結裝置連上永女的校內區域網路。本來要潛行到無限制中立空間，就必須連上全球網路，但他們似乎透過某些方法避開了這個限制。

當所有人準備完畢，鷺洲愛里有點慢的倒數讀秒就開始了。

「要開始嘍～三～二～一～」

「「「無限超頻！」」」

加速聲、視野轉黑、落下感——接著是著地感。

睜開眼睛一看，學生會室的氣氛已經完全變了樣。奢侈地以天然木材建造的牆壁與地板，成了形成有機曲線，帶點髒汙感的金屬。打掃得乾乾淨淨的房間角落，有著令人作嘔的多足生物爬來爬去。扭曲的窗框外可以看見的天空，是令人不舒服的黃綠色。

「『煉獄』空間嗎……」

聽到有人這麼說，春雪往左一看。

雙手抱胸站在那兒的，是個有著冰雪般蒼白的重裝甲，個子高大的男性型虛擬角色。他額頭上長著兩隻很長的角，面罩也顯得相當剽悍，給人一種像是青鬼的印象。即使找遍所有記憶，也無疑是第一次見到。

「請問……你……你是哪位？」

春雪戰戰兢兢地問起，青鬼虛擬角色就一副冤枉的樣子舉起了雙手。

「不不不，是我啊。我是『噴嚏精』。」

「咦……Behemoth兄？可是，之前我們交手的時候，你好大隻，簡直像龍一樣……」

春雪也極力攤開雙手這麼說。一週前的領土戰爭中遭遇的Glacier Behemoth，從頭到尾巴尾端有將近六公尺長，令人覺得巨獸級公敵也不過如此。

「如果隨時都是那種大塊頭，那可礙事得不得了。那是他的『野獸模式』。」

說著這句話走來的，是全身粉紅色的女性型虛擬角色。

苗條得令人替她擔心的手腳與軀幹上，有著無數尖銳的刺閃閃發光。有著華麗捲髮的面罩既惹人憐愛，又顯豔麗。

「暴躁鬼」Rose Milady，踏響尖銳得像針的鞋跟，停下腳步，嘆著氣輕聲說：

「Crow，你，真的單挑打得贏巨獸級？」

「不……不知道。」

「我說你喔……」

Milady傻眼似的搖搖頭，她身後有個披著淡桃紅色禮服型裝甲的女性型角色走過來，同樣嘆了一口長長的氣。

「唉……所以我才叫你別上……」

「妳……妳有說嗎……」

「我說啦，用心電感應說的。」

說出這番強詞奪理台詞的，是「預言者（Prophet）」Orchid Oracle。她搖曳著披滿整個背部的金色頭髮，站到Behemoth眼前，對他問起：

「噴嚏精，如果Crow陷入無限ＥＫ，你真的會見死不救？」

「不，這……」

說不出話的青鬼虛擬角色背後，突然輕飄飄地冒出一個黑色的影子，導致春雪嚇得縮起身體。

是對戰虛擬角色——嗎？別說形狀，連裝甲色都看不出來。因為這個影子的全身，都被一種沒有光澤的深灰色連帽斗蓬遮住。斗蓬衣襬已經破舊脫線，明明距離地板有個十公分左右，但更下方應該要看得見的腳卻不存在。簡直像是幽靈，不，是像死神。

這個似乎與黑之王Black Lotus一樣擁有懸浮能力的死神虛擬角色，輕飄飄地左右搖擺著，發出帶著點回音特效的說話聲：

「小蘭妳啊～好體貼喔～～」

春雪差點綜藝式跌倒，拚命踏穩腳步。看來這不祥到了極點的破舊斗蓬底下的人，就是Cypress Reaper／鷺洲愛里。他之前都忘了，但以前黑雪公主應該說過，Cypress是「柏樹」，Reaper則有著「收割靈魂者」的意思。

把最大塊的起司蛋糕切分給春雪的辮子女生，和狀似死神的對戰虛擬角色，不是普通地不搭調。血肉之軀與虛擬角色印象大相逕庭的超頻連線者並不稀奇，而且查問作為虛擬角色模子的「精神創傷」，又是最違反禮儀的行為。

春雪從震驚中回穩的同時，Orchid Oracle發出了有那麼點尖銳的聲音：

「我才不是有什麼體貼。妳和噴嚏精挑戰最終課題的時候，不也確實有救援隊在待命嗎？

Crow也已經是震盪宇宙的一員，所以準備同樣的條件，不是理所當然的嗎？」

「我也這麼想啊～可是，說不用去救的是Crow自己吧～？」

「那是因為，Crow就愛得意忘形……」

就在Oracle說出這句像是在幫腔又像沒在幫腔的話時。

「Oracle，妳這說法……對面臨考驗的戰士是一種侮辱……」

室內的另一頭，傳來一個平靜而冰冷的說話聲。

踩著鏗鏘的金屬腳步聲走過來的，是個身上鎧甲造型優美又精悍的騎士型虛擬角色。裝甲色是近乎白色的銀色，若說Silver Crow的顏色是金屬銀，騎士的顏色或許就該稱為透明銀吧。

由於有著裝飾用長角的頭盔面罩放下，看不見他的面部。背上揹著一面大型的鳶形盾，左腰佩著十字鍔的長劍，這名騎士正是「七矮星」中位列第一的「害羞鬼」Platinum Cavalier。

春雪直盯著騎士看。根據Centaurea的說法，他是「飛姆托流」劍術流派的高手。在東京城堡樂園的海姆韋爾特城露臺上，他也曾有過機會近距離觀看，但當時他只顧著讓自己冷靜，實在沒有心思去冷靜觀察。

春雪從1級時，就跟佩劍的超頻連線者打過很多場對戰。但他開始能夠體認到劍技的深奧，則是透過6級的升級獎勵取得劍型強化外裝「輝明劍」以後的事了。

現在，春雪視為加速世界最強劍客的超頻連線者共有三人。一人當然就是能以和四肢融合的劍斬斷萬物的黑之王「絕對切斷（World End）」Black lotus。一個是將由超鑽石與石墨烯融合而成的攻防一體雙劍駕馭自如的「明陰流」劍手——「矛盾存在（Anomaly）」Graphite Edge。最後一人，則是春雪的劍術師父，「Omega流」的劍手，人稱「劍鬼（Rushless）」、「阿修羅」、「Omega Weapon」的Centaurea Sentry。

當然除此之外，還有許多劍術高手。參加特斯卡特利波卡攻擊作戰的紅之團團員Lavender Downer，就是外號「靜穩劍（Tranquil）」，能使用第三階段心念的高手；Graphite Edge的「下輩」也是唯一徒弟的Trilead Tetraoxide，也是能將七神器之一的「The Infinity」駕馭自如的正統派劍士。藍之團的「雙劍（Dualis）」Cobalt Blade與Mangan Blade，也是穩穩走在劍豪之路上的實力者，而她們的師父藍之王「劍聖（Vanquish）」Blue Knight的實力之強，更是無庸置疑。

藍之王持有神器「The Impulse」，還討伐過往成了第三代Chrome Disaster的Centaurea Sentry，春雪卻並未將他列入自己心中的最強劍士，單純是因為並未親身體驗過他的實力。但藍之王自成一派而創設「無限流」，而且廣受肯定，他肯定是頂級的劍手，而且如果照這個邏輯來說，自稱「飛姆托流」的Platinum Cavalier，也是和Sentry與Graph，以及Knight並列的劍士，只是……

春雪第一次就近仔細觀察到的Cavalier，身上的氣息意外地柔和。春雪沒有像Scarlet Rain那種強化視覺型的特殊能力，但對她所說的「資料壓」也多少能夠感受到。然而Cavalier不一樣，別說純色七王，連各軍團幹部身上都會散發出來的那種強烈的「壓力」，從他身上都完全沒有釋放出來。站在附近的Behemoth和Milady是不用說，連看上去不像直接戰鬥型的Reaper與Oracle，都散發著強烈的氣場。

仔細回想起來，春雪直接目擊到Cavalier展現「實力」，就只有讓鳶形盾巨大化，從特斯卡特利波卡的「第九月」爆炸之下，保護住白之王的那個場面。搞不好Cavelier的主武裝不是腰間的長劍，而是背上的盾牌，是綠之王那一級的防禦型虛擬角色？春雪腦海中正轉著這些稍縱即逝的想像……

Cavalier在眾人正中間停步，先朝春雪瞥了一眼，才說下去：

「Crow是自己斬斷了退路……藉此來展現他身為戰士的自豪與覺悟……既然如此，我們也……應該尊重他的意思吧……」

——不不不，我那只是豁出去而已！

春雪說不出這句話而僵在原地，耳邊傳來不知道是幫腔還是追擊的一句話。

「這種事情不重要啦，只要Crow打贏不就沒問題了嗎？」

輕聲霹霹作響的獨特腳步聲中走上前來的，是身披雪花結晶禮服型裝甲的女性型，不，少女型虛擬角色。手腳與軀幹比Rose Milady還苗條，身高也矮了將近二十公分。裝甲色是半通透的淡藍色。

她的模樣就像個冰玩偶一樣惹人憐愛，但在領土戰爭中，卻曾以心念一舉殲滅黑暗星雲的十四名精銳團員，還在Highest Level讓春雪陷入甚至無法呼吸的完全硬化狀態，是個實力深不可測的高等級玩家。哪怕她幫忙付了計程車錢、請他們吃起司蛋糕，都絕對不是可以貿然信任的對象。

「後面還有事情要做，趕快處理完。」

這句話是對Cavalier說的。

Cavalier在幹部中的排序比Fairy要高，但對這句命令口氣的話並不顯得生氣，點了點頭之後，看了春雪一眼：

「Crow，跟我來……我們要去最終課題的考場……」

春雪等人通過「煉獄」空間中特有的長著生物般皺折與突起的走廊與階梯，下到一樓後，不是從面向中庭的樓梯口，而是從另一頭的後門來到校舍外。

現實世界中綠樹繁茂的林子，成了以金屬製成的枯木集合體。從樹木間穿梭著往南前進，對多半是永女運動場的寬廣空間也直線穿過。

春雪一邊跟上走在前面的Cavalier，一邊對身旁的萏小聲問起心中忽然浮現的懸念。

「請問一下，越……Milady姊，記得現在不是只要在Mean Level跟公敵打鬥，特斯卡特利波卡就會跑來攻擊嗎……？」

「聽說是這樣。但這件事，你應該比我清楚吧？」

「不，我也完全沒在獵公敵……」

春雪一邊回答，一邊抬頭瞥向都心方向的天空。

三天前——七月二十四日深夜，白之王White Cosmos接受春雪的懇求，讓正要屠殺拓武等人的末日神特斯卡特利波卡停手。但方法卻讓春雪意想不到。

白之王從Highest Level歸還後，立刻讓兩件一組的神器「The Luminary」本體所在的寶冠伸出無數尖刺，深深穿進自己的腦——雖然前提是虛擬人體的頭部真的有腦存在。

接著，反手握住作為控制器的權杖，刺進了自己的心臟。

傷到對戰虛擬角色最大的要害，應該讓她的體力計量表減損到接近死亡。儘管春雪至今仍然無法理解為何需要做出自傷行為，但總之她的這些行動，讓特斯卡特利波卡停下了動作。

春雪的翅膀已經完全被特斯卡特利波卡的衝擊波破壞，無法去救同伴們，但勉強還能動的Graphite Edge與Cyan Pile，扛起身受重傷的Centaurea Sentry、Trilead Tetraoxide、Lavender Downer，以及大天使梅丹佐，脫離了戰場。

春雪也抱著受傷的白之王，跑下海姆韋爾特城的樓梯，跳進位於一樓大廳的傳送門而完成超頻登出。這樣一來，「逃脫東京城堡樂園」這個當初的作戰目的算是達成，但The Luminary

的荊冠全數遭到破壞後，特斯卡特利波卡從白之王的支配下得到解放，回到了「末日之神」本來該有的樣貌。

現在的巨神，一心一意在無限制中立空間的東京二十三區徘徊。一旦將超頻連線者納入探敵範圍，就會二話不說地瞬殺，成了加速世界史上最可怕的浩劫。

巨神的基本探敵範圍約為半徑一公里，只要不進入這範圍，受到攻擊的可能性就很低，但問題是只要有超頻連線者攻擊公敵，那麼哪怕巨神身在遙遠的遠方，也會察覺到而直線飛來。根據流傳的說法，曾有人先確認特斯卡特利波卡待在二十三區裡幾乎最東端的江東區南小岩，然後在接近最西端的世田谷區砧公園獵公敵，結果短短十分鐘後，這個集團就被從上空打來的一發衝擊波殲滅。如果這個傳聞是真的，那麼特斯卡特利波卡的飛行速度就高達時速一百五十公里。

雖然也得視團隊規模而論，但只有短短十分鐘，別說是巨獸級，連野獸級（wild）都打不倒。根據綠之團奮不顧身的實驗，只要距離特斯卡特利波卡一百公里以上，即使攻擊公敵，似乎也不會被發現。但每次要獵公敵，就得去到群馬或山梨並不實際。說穿了，對於幾乎所有東京超頻連線者而言，獵公敵這件事實質上等於遭到禁止。Zelkova Verger與中階軍團團員的憤怒與焦躁，會指向將特斯卡特利波卡從印堤體內解放出來，又緊接著投靠白之團的Silver Crow身上，說當然也是當然。

「……算了，Cavalier大概有打算吧。」

聽萶這麼說，春雪將鏡頭眼的焦點，從黃綠色的天空，拉回到走在身旁的對戰虛擬角色身上。

「妳說他有打算，是要怎麼做？」

「我哪知道。可是，如果到了考場後，他敢說什麼忘了特斯卡這件事，你就狠狠揍他一拳吧。」

「辦不到啦。」

春雪有點搶話地先哀嚎了一句，然後看了看走在隊伍最前面的騎士背影。

他認為和Rose Milady／越賀萶已經成了朋友，對Cypress／鷺洲愛里與Glacier Behemoth／小清水理生，也感覺得到如果狀況允許就能當朋友。不，就連Snow Fairy／約赫爾特七七子，搞不好也有那麼一天……他多少覺得也不是不可能。

然而，只有Platinum Cavalier／京武智周，春雪完全不覺得能和他相互了解。上一個即使在現實世界中見面，仍然讓他隔閡感如此嚴重的對象，已經是Dusk Taker／能美征二了。

但就算是這樣，春雪也不能主動製造隔閡。為了不讓對白之王誓言的內容變成虛假，他非得成為一個受到眾人認可的白之團團員不可。因為要身為一個超頻連線者，去做該做的事情……現在這就是唯一一條路。

——沒錯吧，梅丹佐？

春雪在心中自言自語，然後再度仰望左後方的天空。

儘管被「煉獄」空間的建築物群遮住而看不見，但就在距離這裡只有二．五公里的地方，聳立著東京鐵塔遺址。大天使梅丹佐應該就待在位於塔頂的「楓風庵」進行自我修復，春雪以不至於叫出她的強度，朝她發出「趕快好起來」的思念，然後直視前方。

Cavalier往東南方穿過運動場，不用助跑就輕飄飄地跳過上端密密麻麻長滿棘刺的高聳圍牆，來到了永女校地外。

接著是Fairy與Reaper，連身軀巨大的Behemoth，也都輕巧地跳過圍牆。這樣的舉止乍看之下平平無奇，但正因如此，更讓人在在感受到他們是真正的高手。

Milady與Oracle也展現出令人感受不到體重的流暢跳躍動作。春雪獨自被留在圍牆內，一瞬間想著要不要用翅膀作弊。但他並未累積必殺技計量表，而且在這種地方爭面子也不是辦法。他先好好助跑，然後一邊留意不讓腳尖鉤到棘刺，一邊跳起。

跳過高兩公尺的圍牆並著地後，前方是一片有著小規模建築物密集的區域。在現實世界應該是頗有風情的住宅區，但「煉獄」空間裡那扭曲為有機物的街景，就讓人覺得彷彿身在惡夢之中。

Cavalier一瞬間回過頭來，確定所有人都跟上之後，選擇往南延伸的道路開始行進。春雪小跑步跟上後，發現道路前方短短五六十公尺處又有牆壁擋住，牆壁後頭可以瞥見和永女的校舍差不多大的建築物。

走到底再次跳過牆壁後，聳立在眼前的，是一座像是小小宮殿的建築物。這座宮殿呈缺口朝西的C字形，翼棟有四層樓，主館則有六層樓。從春雪等人的位置看不見中庭的情形。

Cavalier以毫不遲疑的腳步走向翼棟，從像是後門的開口走進去。跟上一看，裡頭是樓梯間，眾人沿著大型的螺旋梯不斷往上爬。

春雪再度來到Milady身旁，以最低限度的音量問起：

「請問這棟建築物，在現實世界裡是什麼？感覺不像是學校……」

「港區區立鄉土歷史館。聽說屋齡大概一百一十年左右。」

「嗚哈……就算這樣也比永女的聖堂要新啊……」

春雪佩服了一陣，才發現他真正該問的不是這個問題。

「那……為什麼要來這棟建築物？」

「你馬上就會知道。」

萶剛回答，上面就傳來一陣劇烈的擠壓聲。

抬頭一看，黃綠色的光從Cavalier推開的門射了進來。一行人跟著通過這扇門，來到寬廣的天台。

Cavalier走向面中庭的欄杆，頭也不回地說：

「Silver Crow……你的對手，就是那個……」

春雪急忙跑向欄杆，往下看去。

被C字形宮殿圍繞的中庭，設有一座長方形水池。水帶有水銀般的光澤，看不見水裡的情形——正當他想到這裡。

銀色的水忽然隆起，一個巨大生物現身。

如果要用一句話來形容，大概就是有四隻腳的鯨魚吧。流線型的身體全長達到六公尺，其中兩公尺是頭部。四肢強健且壯碩，尾巴前端長著鰭。如果頭再細一點、尾巴再尖一點，多半就不會像是鯨魚，而是像鱷魚了吧。

這隻有腳的鯨魚在長邊多半有二十公尺的池子裡，游得怡然自得。Cavalier低頭看著牠，再度開了口：

「那是……巨獸級公敵『鱷鯨（Crococetus）』……幾乎在所有空間屬性下，都會常態從那個水池湧現（pop），所以成了我們最終課題的討伐目標……」

「鱷鯨……」

春雪複誦一遍，但對這個名稱沒有印象，當然也不曾看過。也就是說，完全是他第一次見到的公敵。

不幸中的大幸，就是鱷鯨屬於動物型公敵。比起人型和怪物型，使出棘手特殊攻擊的可能性較低。而且怎麼看都不是飛行型，所以一旦遇到危險，可以躲到空中去。當然他不會小看巨獸級公敵，但既然除了「七矮星」外，還有兩三個團員也曾經單獨加以擊破，相信就不會是絕對打不贏的對手。

「只要打倒牠……Cavalier兄也就會認可我加入軍團是吧？」

「騎士……無戲言……」

春雪先看了看如此誇口的Platinum Cavalier側臉，然後點點頭。

「我明白了。那麼……」

「等一下。」

這時插嘴的，是移動過程中始終不說話的Snow Fairy。

「害羞鬼，特斯卡特利波卡要怎麼辦？一旦Crow去攻擊牠，不用幾分鐘就會飛過來我們這邊吧？」

「不用擔心……」

Cavalier這麼一回答，接著用左手解開掛在背上的鳶形盾，舉向中庭。

「『忽視領域（Ignorable Zone）』。」

也不知道他是什麼時候集好了必殺技計量表，盾牌發出銀色的光彈，被吸往池子前的地面。從中有個非常稀薄的光之圓罩無聲無息地擴大，將包括中庭與部分宮殿，半徑長達五十公尺的這一帶都包覆進去。即使光碰到虛擬角色，春雪也感受不到任何變化，地上的鱷鯨也沒有反應。但完全看不見光罩外的景物，到剛才都還在迴盪的風聲也聽不見了。

「這光膜可以截斷超頻連線者與公敵的所有探知能力……只要在裡頭打，就不用擔心會有人來攪局……」

「是喔～？這種招式，我還是第一次看到呢～」

Cypress Reaper這麼一說，Rose Milady也點點頭。

「我也是。你還是一樣保密主義呢。」

「這點……我們半斤八兩吧……」

「所以這招，連公敵會嗅到的心念氣味也能阻隔了？」

「我應該說過……是所有的探知能力……」

Cavalier一邊放下左手的盾，一邊回答，然後臉朝向春雪：

「『領域』的持續時間是三十分鐘……這段期間內沒能打倒，就不及格……」

「……了解。」

「只要鎮定下來打，你打得贏的。」

這麼說的是Orchid Oracle。春雪先朝她一鞠躬，然後拿欄杆當踏台，往下跳到中庭。

6

棲息在無限制中立空間的公敵，別稱Being，由於種類實在太多，要全部記住實在不可能。儘管如此，據說限定「棲息在東京都二十三區的巨獸級」則大約是一百種，所以春雪也努力記住名稱、外觀與攻略方式，然而這種叫做鱷鯨的公敵，他既未見過也從未聽過。

據說不限巨獸級，野獸級和小獸級(Lesser)當中，也存在著只會在固定地點湧現的公敵，這鱷鯨大概也屬於這一類吧。想來是因為港區區立鄉土歷史館位於震盪宇宙的領土正中央，外人無法靠近，才會至今都並未被列入共享資料庫。

因此春雪下到地面後，並未立刻接近水池，而是從觀察開始。Cavalier對他下了三十分鐘的時間限制，但與其貿然衝進去而被瞬殺，還不如時間用完而討伐失敗要好。

鱷鯨在有著銀色光澤的水中緩緩游動。水池寬度只有牠全長的兩倍左右，所以顯得有些狹窄，但巨大的身軀比外觀給人的印象要柔軟，掉頭時也不顯得辛苦。

春雪躲在很粗的金屬樹幹後，耐心地持續觀察。屋頂上的六人也許很心焦，但在展開攻擊前，他想再一次好好看過敵人的模樣。

兩分鐘後，鱷鯨再度破開水面站起。牠以後腳與尾巴支撐身體，前腳鬆弛下垂，將像是鯨魚和恐龍加起來除以二的頭部緩緩左右搖動。

春雪把鏡頭眼睜到最大，把公敵全身上上下下打量個夠。

泛青色的灰色皮膚顯得十分強韌，前腳上伸出小刀般尖銳的爪子。微微張開的嘴裡有著無數尖牙，眼睛是渾濁的黃色。沒有角或徽章等具有明顯特徵的部位。雖然能夠目視到的只有上半身，但水中的下半身想來也是一樣。看來果然不是魔獸或怪獸，是純粹的動物類公敵。

公敵身上多半設有一破壞就能打贏的弱點。昆蟲類就是神經核、機械類是控制核，亡靈類則是魂魄核……但像鱷鯨這樣的動物類，嚴格說來腦和心臟是弱點沒錯，但並不是「設定好的弱點」，所以意圖攻擊這些部位，效率會非常差。

「也只能正常去削減計量表了吧……」

春雪在口中喃喃說到，手按左腰。

借給了拓武的輝明劍，在三天前的會議後，拓武就還給了他。當時拓武表面上一如往常，但內心應該頗為動搖。畢竟他和春雪的約定——「彼此升上7級後就要認真打一場對戰」，就在快要實現的時候，足足被降了兩級。

跟他也得好好談談……春雪吞下這份焦躁，深深吸一口氣，大喊：

「著裝，『輝明劍』！」

左腰發出的白光凝縮，匯集為一把偏細的長劍。

同時，聽到語音指令的鱷鯨用力扭轉上身，看了春雪一眼。黃色的眼睛發出朦朧的光，頭上顯示出三段體力計量表。

春雪本來也想過要從牠身後摸過去，以突襲方式先發制人，但即使成功，掉進水池的可能性也很高。對怎麼看都是水生類的公敵展開水中戰，已經不只是自信過剩，單純就只是個大笨蛋了。

「這邊，鱷魚鯨！」

春雪再度呼喊，從金屬樹後跳了出來，跑向宮殿正面。這裡有足夠的空間，而且真有什麼狀況，還可以躲進建築物。

所幸鱷鯨似乎並沒有現實世界中鯨魚水準的智能，就在春雪的挑釁之下，從水池爬上來，大大張開巨大的嘴，凶悍地吼叫：

「咕喔囉囉囉！」

牠以怪手挖斗般的前腳抓住地面，緊接著發出地鳴聲衝了過來。無論行動模式多麼單純，對手都是巨獸級，一旦被這衝撞撞個正著，肯定會當場斃命。

春雪忍耐著恐懼，等敵人近得不能再近之後，先一瞬間壓低身體，然後猛力一跳。

他勉強跳過鱷鯨那破城槌般的頭部，翻轉身體，在牠背上著地。接著順勢一路沿著短短的脖子往上跑，將反手拔出的輝明劍，朝著隆起的脊椎骨插進去。

從腳掌傳來的皮膚觸感，感覺就像厚實的硬質橡膠，如果只是正常砍下去，刀刃多半會被彈開。因此春雪瞄準呈等間隔突起的脊椎棘突頂點，發動了Omega流無遺劍的基礎理論。

——「極」。

這個在極小的一個點上發揮極大威力的技法一旦成功，哪怕是大塊鋼鐵也切得斷。春雪先讓輝明劍銳利的刀尖微微劃進藍灰色的皮膚，接著就嗤的一聲，刀刃直沒至柄。

「吼嚕囉囉囉啊啊！」

鱷鯨發出憤怒與痛苦的咆哮，巨大的身軀胡亂蹦跳。春雪雙手握住劍柄，拚命抗拒著不被甩下去。

這就是春雪即興想到的鱷鯨攻略法。考慮到脖子和四肢的可動範圍，無論撕咬、橫掃或踩踏攻擊都打不到。

浮現在公敵頭上的體力計量表，第一段還剩將近九成，但只要劍還插在脊椎上，就會發生持續性傷害。只要在第三段耗盡之前，能夠一直攀在牠背上，就是春雪獲勝；如果被甩下，則是鱷鯨獲勝。

「嗚嗚……！」

春雪悶哼之餘，仍緊緊抓住愛劍不放。每當鱷鯨掙扎扭動，他就被左右甩來甩去。Silver

Crow在金屬色當中算是輕量級，但輝明劍的劍身應該已經受到了過大的負荷。由於劍上已經施加了超高價的「高熱傷害無效」強化，所以哪怕插進熔岩裡也不會有所損傷，但對於橫向的彎折力則承受不了太久。

我跟你無冤無仇，但麻煩你趕快倒下啊。春雪一邊暗自祈禱，一邊抬頭再看看鱷鯨的體力計量表。第一段才終於低於五成。照這個步調進行下去，要把第三段耗完，大概還得再花上七八分鐘。應該是來得及趕上限制時間的三十分鐘，就不知道劍撐不撐得到那時候。

強化外裝即使遭到破壞，只要先離開無限制中立空間再潛行進來，就會恢復原狀。但即使是這樣，粗暴對待劍仍違反他的信條，而且總覺得那樣一來，遇到緊要關頭，劍將不會回應他的期待。

一旦劍身有超出極限的跡象，就在折斷之前放手吧。春雪這樣下定決心，同時為了盡量減少劍的負荷，試著去預判鱷鯨的動作。

巨獸的動作看似亂無章法，但仔細觀察，就發現只有往右傾斜、往左傾斜、腰部往上彈跳、上身後仰這四種動作。只要讀出前兆，以最快速度做出行動，就有可能在身體被甩動之前就先保持好平衡。

春雪將遲遲不減少的鱷鯨體力計量表移出視野，將意識專注到極限。

所以，他晚了一步察覺異狀。

覆蓋住歷史館的光罩，就像受到來自上方的壓力，開始扭曲變形。轉眼間竄出無數龜裂，隨即無聲無息地碎裂四散。

忽然間，一陣劇烈的巨響化為衝擊波，打在春雪全身。

「……！」

他反射性地仰望天空。

很暗。從雲層後透出淡淡光芒的太陽，被巨大的影子遮住。不是鳥，也不是飛機。這個形狀平板、沒有凹凸，彷彿太古神像的輪廓是——

超級公敵——特斯卡特利波卡。

「為……什麼……」

春雪拚命抓在繼續掙扎扭動的鱷鯨身上，發出破音的驚呼。

Platinum Cavalier的「忽視領域」，直到幾秒鐘前都還滴水不漏地遮蔽住整個中庭。只要有那光罩隔離，特斯卡特利波卡應該就無法察覺有公敵受到攻擊。

然而，這個身高超過一百公尺的巨人，卻從腳底噴出深紅色的火焰，直線飛到這個地方降落。這不是偶然的接觸，顯然是把春雪等人當成了目標。如果特斯卡特利波卡繼續攻擊，他也可能再度陷入無限ＥＫ狀態。

「大家快跑！」

春雪朝宮殿右翼屋頂忘我地呼喊。

Glacier Behemoth宏亮的嗓音回應了他。

「我們先把特斯卡特利波卡拖走再脫離！Crow氏想辦法擺脫鱷鯨，從歷史館三樓的傳送門脫離！」

「知……知道了！」

春雪剛喊著回答完，特斯卡降落到了宮殿左翼的屋頂——他本以為會如此，但建築物承受不了巨人的重量，發出刺耳的金屬聲響被踏扁。厚重的外牆從內側爆炸似的裂開，灑出大量的火花。雖然比不上「魔都」，但「煉獄」的大型建築物也有著幾乎號稱無法破壞的耐久度，這大概也就表示特斯卡特利波卡就是如此破格吧。

……巨人在短短幾秒鐘內，就將宮殿左翼化為一大堆斷垣殘壁，雙腳碰到地面才總算停止。晚了一瞬間，一股地震似的震動傳了過來。在這麼近的距離，能看得清楚的就只有從聳立的雙腳到腹部為止。連全長六公尺的鱷鯨，在特斯卡特利波卡面前也無異於一條小魚。

鱷鯨彷彿看不見紅黑色的巨人，繼續大肆掙扎。輝明劍仍插在背上，所以如果就這麼拔出劍，整個人就會被甩飛。如果是飛向宮殿正面的入口倒是還好，但如果落在水池裡，又或是特斯卡特利波卡腳下，就非常不妙。

然而，更危險的是非得把特斯卡特利波卡從永女拖走不可的Glacier Behemoth他們。一旦挨到巨人從右手發出的重力攻擊「第五月」，又或者是左手發出的殲滅攻擊「第九月」，他們也不免一死。何況Behemoth他們究竟是打算如何吸引特斯卡特利波卡的注意呢？

這個疑問的解答，既簡單又大膽。

「『凝結光線（Congeal Ray）』！」

「『靈魂擠壓（Soul Squeeze）』～！」

Behemoth與Reaper的喊聲同時響起，兩道光線從右翼棟的屋頂迸發而出。光線在巨人腹部打個正著，發出了像是一次打破數百片玻璃似的硬質爆炸。

吼轟轟轟————……的重低音從遙遠的高處灑落。是之前也聽過幾次的，特斯卡特利波卡的「吼聲」。

巨大的身軀緩緩轉向。就只一發，不，是兩發，就把超級公敵鎖定的目標從春雪身上轉移，這攻擊力果然非同小可。

春雪一邊攀在鱷鯨背上，一邊勉強轉動視線朝上，看見Behemoth他們正要跑向宮殿的東方——高輪方面。特斯卡特利波卡開始追著六人而邁開腳步。動作看起來緩慢，但畢竟步伐將近五十公尺，而且那巨木般的腳還會輕而易舉地粉碎所有的障礙物。

——請你們一定要平安逃走！

春雪朝著轉眼間就再也看不見的六人，發出這樣的思念。

如果「七矮星」過半數都陷入無限EK狀態，白之團應該會顯著弱化，而且考慮到以往的情形，也許他應該這麼期盼。但六人當中，有著Rose Milady與Orchid Oracle，而且對於其他四人，春雪也已經無法希望他們乾脆點數全失……

春雪將剎那間的感傷從腦海中揮開。現在他必須專心想著一件事，那就是遵照Behemoth的指示，甩開鱷鯨，脫離無限制中立空間。

特斯卡特利波卡踢開斷垣殘壁，弄得塵土飛揚，一路走遠。宮殿左翼也已經殘破不堪，但說是有著傳送門的本館中央部分並未損壞。

看準鱷鯨大肆掙扎的動作轉弱的瞬間，將劍從牠背上拔起，有必要的話就連翅膀也用上，一路衝向宮殿。

春雪決定好方針，正要看準脫身時機的這個時候——

跳來跳去的鱷鯨右前腳，被一條銀色的線橫向掃過。

比大象還粗壯的腳，在小腿半截左右的位置無聲無息地分離。轉瞬間瞥見的斷面實在太漂亮，讓春雪一瞬間搞不懂發生了什麼事，睜大了雙眼。

但緊接著，鱷鯨發出「嘰——」一聲尖銳的哀嚎往前撲倒。脫身的時機就只有現在。他將輝明劍從鱷鯨背上拔起，跳下了地面。巨獸的體力計量表因為右前腳的缺損，一口氣減少到第二條，所以有點可惜，但連發生了什麼事都不清楚的現在，他應該以脫身為優先。

春雪一手握著劍，衝向左前方的宮殿入口。

然而只跑了短短五步，他就緊急停下。因為在去路上飛揚的塵土中，看見了一個人形的輪廓。春雪不及細想，舉起右手劍，正要呼喝「是誰！」，微風就吹散了塵土。

從雲層間落下的陽光，讓透明銀的鎧甲淡淡反光。這個揹著盾牌，右手提著十字鍔長劍，寂然站在那兒的，是「害羞鬼」Platinum Cavalier。

春雪本以為他與其他人一起去引開特斯卡特利波卡，但看來他是獨自留在了這裡。切斷鱷鯨前腳，為春雪製造機會脫身的，應該也是Cavalier吧。

「不好意思，謝謝你……」

春雪一邊這麼說，一邊就要跑向Cavalier。

精光一閃。

騎士的右手發了光。

春雪意識上並未做出任何防備，但仍得以做出閃躲行動，或許是因為內心深處一直對Cavalier有著一種揮之不去的不信任吧。

然而，這並不夠。春雪看見光的瞬間，就極力將上半身往右傾斜，但斜向劃來的銀色線條碰到左肩，只留下一陣冰冷的感覺，就往後方穿出。

「…………！」

一瞬間的寂靜，接著Silver Crow的左肩甲斜斜滑落，掉到地上。

同樣的地方也被指導他劍技的Centaurea Sentry斬過，但相較於當時只有裝甲掉落，這次則是整個虛擬人體的手臂都被斬下一塊肉。冰冷感轉變為灼熱感，切斷處噴出深紅色的傷害特效。

「嗚……」

春雪一邊悶哼，一邊舉起右手的輝明劍。他的左手還連著，但換作是血肉之軀，肱骨頭突出處已經被削下兩公分左右的厚度，動作應該已經受到相當大的阻礙。體力計量表也減少了將近一成，但充滿春雪意識的不是危機，而是更多的驚愕。

不是針對受到Cavalier攻擊這件事的驚愕，而是震驚於他的斬擊之快。

春雪至今一直靠著速度奮戰至今，但連他的眼睛，也完全看不清楚Cavalier舉劍與揮劍的動作。兩者間距超過五公尺，所以應該不是鈷錳姊妹的「無遠弗屆（Rangeless Sigdeon）」那種發出斬擊的攻擊——而且沒有唸出招式名稱，所以多半不是必殺技，而是普通攻擊——但動作實在太快。

春雪對Centaurea Sentry的斬擊也完全反應不過來，但那是因為認知能力受到Omega流無遺劍奧義「合」的阻礙，這次Cavalier的身影一瞬間也不曾從春雪的視野中消失。怎麼想都單純是「快得驚人的斬擊」，但如果真是如此，那麼要持續閃躲就會非常困難，不，是不可能。

Cavalier從有著整排縫隙的面罩下，冷然正視著僵在原地的春雪，說道：

「虧你躲得過……我本來是瞄準脖子……」

春雪吞下了「請問是為什麼」這句話。這個問題沒有異議。Cavalier多半是打算在這裡殺了春雪，不，是讓他點數全失吧。

他轉而問出Cavalier比較會有反應的問題：

「你說過那個光罩，會阻隔公敵的所有探測能力吧？既然這樣，為什麼特斯卡特利波卡會跑來攻擊？」

「……剛才，Fairy他們也問了我一樣的問題，可是……我沒有說謊。『忽略領域』可以阻隔公敵與超頻連線者的視覺、聽覺、嗅覺，以及其他所有知覺……直到剛才特斯卡特利波卡踏破『領域』，你也沒能發現他接近吧……？」

「……既然這樣，為什麼？」

「因為特斯卡特利波卡，不是用感覺來偵測受到攻擊的公敵……他是直接和這個世界的系統相連……要阻隔這種連結，終究是不可能的……」

聽Cavalier的口氣，簡直像是從一開始，就知道只要春雪攻擊鱷鯨，特斯卡特利波卡就會跑來攻擊。可是，若是如此——

春雪一邊用力握住愛劍的劍柄，一邊低聲說：

「如果我不做超頻登出，Milady姊和Oracle姊應該會從我脖子上扯掉神經連結裝置。不管你有多強，要在這裡一直殺到我點數全失，是不可能的。」

Cavalier一聽，以令人聽不出感情的聲音回答：

「加速世界裡，多的是密技和漏洞……這你應該也學到了吧……」

「……我話先說在前面，我可不接受一戰定生死規則。」

「那種賭博……我也不想玩啊……」

他先輕輕聳了聳肩膀，然後緩緩舉起十字鍔的長劍。

春雪不及細想就先沉腰，但Cavalier的動作並不是攻擊。

騎士後方開著口的宮殿正面入口處，有東西動了。一個帶著一絲白色的影子，滲透似的從空無一物的地方出現。

像是削尖的棒子一樣瘦長的輪廓；質感像是陶器的象牙色裝甲。沒有眼睛也沒有鼻子，而是浮現出奇妙紋路的面罩。

「……Ivory Tower……」

「七矮星」中位列第四，外號「老師（D.o.c）」的超頻連線者，朝著這麼喃喃自語的春雪一鞠躬。

「好久不見……倒也沒那麼久？上次見面是聯合會議了吧，Silver Crow。」

他說話的聲音還是一樣缺乏抑揚頓挫，比Cavalier更沒有感情。

Ivory Tower會待在這裡，不可能是單純出於巧合。多半是Platinum Cavalier事先讓他潛伏在此……果然他從一開始就是打算設圈套陷害春雪，才提出最終課題這件事。

Ivory Tower，和加速研究社的副社長「拘束者（Restrictor）」Black Vise是同一人物。一旦被他擄獲，在荅或惠從現實世界扯下他的神經連結裝置前，被怎麼料理都不奇怪。

春雪說什麼也得設法逃脫才行，但眼前有Platinum Cavalier舉劍，背後有鱷鯨正漸漸從倒地狀態站起。可以逃的去路只有空中，但Cavalier當然也已經料到這一招。一旦翅膀被無法閃躲的超高速斬擊給切斷，就完全是進退維谷。

唯一小小的加分材料，就是Ivory Tower多半不會參加戰鬥。Black Vise是個能夠駕馭多種拘束招式的強敵，但處在Tower模樣的時候，似乎沒有直接的戰鬥能力。當初在領土戰爭中，他為了擋下Blood leopard的必殺技「流血砲擊（Bloodshed Canon）」，還犯下了特地變成Vise的模樣，結果那一瞬間被Chocolat Puppeteer錄影下來的失誤。

當然了，這次他也有可能變身。但還維持Tower的模樣時，應該會貫徹旁觀的立場。春雪唯一的生路，就是想辦法一瞬間停下Cavalier的動作，逃往空中。

然而——

只要稍露破綻就會被斬的預感，將春雪全身纏上了一道又一道的束縛。

Cavalier之所以不攻擊，是因為沒有能夠切斷輝明劍的確信。即使如此，那並不是要消耗計量表的必殺技，而是普通攻擊，所以感覺只要連續出招，一步步擊潰春雪的防禦就可以了，但他之所以不這麼做，就不知道是出於騎士的美學，還是有除此之外的理由。

不管是哪一方，春雪都不能繼續這樣維持防禦態勢。想來不到三秒鐘，背後的鱷鯨就會動起來撲向春雪。為了對應鱷鯨而解除防禦態勢的瞬間，就真的會被砍斷脖子。

這個狀況下，他可以選擇的行動有二。

一是以「合」擺脫Cavalier的鎖定，進行攻擊。

另一個選擇，是同樣擺脫鎖定，然後逃走。

春雪花了兩秒全速運轉腦袋，決定了該做的行動。

「吼嚕嚕囉囉囉囉！」

鱷鯨從背後發出充滿憤怒的巨聲咆哮，開始用三隻腳衝過來。

地面震動。巨獸級的壓力燒灼著背。一旦被頭錘頂上一記或被咬上一口，不用Cavalier斬殺，也會當場斃命。

然而，還沒有。還沒……要等牠更靠近——

當鱷鯨逼近到身後一公尺的瞬間，春雪發動「合」，同時壓低身體。

Cavalier的右手微微一震，但斬擊並未發出。

Omega流奧義「合」，是一種透過讓BRAIN BURST的未來預測功能一瞬間運作失誤，將自身從他人的知覺中消除的技術。由於是干涉系統本身，無論眼睛多好的超頻連線者都無法防止這種情形，反而愈是知覺磨練得出色的高手，錯失敵人蹤跡時所受的衝擊愈大。Platinum Cavalier理應以精密之極的瞄準能力鎖定住了春雪，正因如此才更無法動彈。

當然這多半不會管用第二次。「合」只能維持零點幾秒，而且又需要精神操作而無法連續發動，所以在一對一的戰鬥裡，一旦再度被鎖定，立刻就會被斬殺。

然而，錯失春雪蹤跡的並不是只有Cavalier。

春雪趴在了地面上，鱷鯨從他頭上猛然飛奔過去。既然公敵也同樣屬於系統的一部分，也就能用「合」來擺脫牠的鎖定。既然跟丟了春雪，矛頭指向的，當然就是第二近的目標。

當往前衝的鱷鯨胸部、腹部，最後是尾巴通過頭上的瞬間，春雪張開了背上的翅膀。

他一邊蹬地而起，一邊全力振動金屬翅膀。就算Cavalier本領再怎麼高強，既然被巨獸級盯上，相信也非得全力應付不可。趁著巨獸的身體成為自己的擋箭牌時，衝出遠程攻擊的射程外。

「喔喔喔喔……」

春雪一邊嘶吼，一邊把跟鱷鯨戰鬥時累積到的必殺技計量表全都用上，一口氣提升到最高速度——

「——『雷射長槍（Laser Lance）』。」

遙遠的後方，聽見平靜的這麼一句話。

當春雪覺得詫異，一道純白的光已經貫穿他的背。

右邊翅膀被連根扯下，春雪立刻陷入螺旋下墜狀態。他劃出螺旋軌跡墜落之餘，腦海中一再反覆同一句話。

為什麼？為什麼？為什麼？

念誦到第五次後，緊接著就重重摔在水池南側的地面。由於太過震驚，他甚至連卸力動作都做不出來，體力計量表更加減少，明顯低於一半。

他橫倒在地上，茫然低頭看著右胸。金屬裝甲上穿出了一個直徑兩公分左右的洞，不停洩出紅光。

「嘎囉囉喔喔喔喔——！」

左側傳來粗獷的哀嚎，春雪慢慢轉頭一看，鱷鯨已經完全翻倒在地。每一掙扎扭動，嘴裡與右眼就迸出大量的損傷特效。

發生什麼事情已經很明顯。是Platinum Cavalier用遠程心念，將張開大嘴衝來的公敵，連著試圖飛走的春雪一起射穿。

高階的公敵對心念有著高度的抗性。既然鱷鯨屬於肉搏戰型，心念應該更難奏效，一擊就能穿透要害，這樣的心念強度確實驚人，但問題不在這裡。

「……剛剛的，招式是？」

春雪踉蹌地撐起上身，以沙啞的嗓音喃喃說著。

Cavalier似乎聽見離了將近二十公尺遠的這句話，視線朝向春雪，緩緩舉起了右手長劍。白金銀的劍身，對準了癱在地上的春雪。又是一次招式名稱發聲。

「『雷射長槍』。」

咻的一聲響，長劍劍尖射出一道銀色的光，同時貫穿了春雪的左肩與左邊翅膀。本已受傷的左手從肩口處分家，滾落在地上。飛散的金屬翼片碎片飄落在其上。

「雷射長槍」。那是春雪拚命修行，最後學會的第一階段心念「雷射劍（Laser Sword）」的射程強化版。是他去面對一直不去正視的自己，從內心深處找出來的希望之光。

這樣一招，為什麼，Platinum Cavalier會——

騎士踩得長靴型足部裝甲鏗鏘作響，走近過來。走到途中，右手劍一亮，接著就是一道銀色的線條劃過四腳朝天的鱷鯨，公敵瞬間停止了動作。

巨大的頭部從軀幹滑落，滾到地面上。第三段體力計量表歸零，分家的軀幹與胴體先各自劇烈收縮，然後化為藍白色的火焰與大量的粒子爆裂飛散。

春雪也對鱷鯨造成了相當程度的傷害，所以得到了不算少量的點數，但他完全沒有意識到這點，一直仰望著走近的Cavalier。

咯咯作響的腳步聲來到兩公尺前方，騎士停下腳步。接著是輕聲細語的說話聲：

「你大概……覺得不可思議吧……我……只要是看上眼的心念，差不多都能模仿……」

「…………模仿……？」

春雪複誦了一遍，Cavalier又聳了聳肩膀。

「只是……高等的招式就辦不到了……如果是你的『雷射』系列這種單純的招式，有個三天就模仿得了……」

「…………可是——」

心念理應是每個超頻連線者內心深處所蘊含的黑暗，又或者是光明的體現，應該是誰也無法模仿的，獨一無二的力量。因為無論招式看起來多麼單純，作為力量泉源(Resource)的「精神創傷」成千上萬……照理說不可能複製。事實也是如此，即使同樣屬於第一階段的強化射程心念，春雪的「雷射劍」和仁子的「輻射拳(Radiant Beat)」從視覺呈現上就完全不一樣。

春雪腦海中浮現一個可能性，以溺水的人抓住浮木似的心情問起：

「該不會……你有著像Dusk Taker的『魔王徵收令(Demonic Commandia)』那樣的能力？是那招的心念版……？」

他這麼一問，Cavalier就難得露出了些許笑容。

「呵……我以前也有過這樣的疑問，於是去問王……問她說……我的這種能力，是不是一種『模仿心念的心念』……但王給我的答案是否定的……這單純是我…………」

騎士說到這裡先頓了頓，將長劍劍尖抵在春雪眉心。

「就說到這裡吧……因為我和你……應該不會再以超頻連線者的身分再見了……」

這句說得輕描淡寫，卻蘊含著可怕意味的話一說出口。

Platinum Cavalier將劍尖往後拖了短短兩公分左右。

下一剎那，他就會發出必殺的超高速斬擊，砍斷春雪的頭。春雪已經不剩下任何手段能夠改變這個未來。哪怕用上「合」，在這個間距下也沒有意義。

——不對。

不要放棄。要掙扎再掙扎，掙扎到底。哪怕只是把生存時間延長零．一秒，發生狀況的機率也會跟著上升。

在壓縮得超越極限的思考當中，春雪試圖去抓住那一絲一毫的可能性。

他不可能有時間喊出必殺技名稱，而且用右手的劍防禦或攻擊也都來不及。雙翼已經遭到破壞，所以要用滑翔衝刺來閃避也辦不到。剩下的選擇只有一個。

那就是心念的無發聲瞬間發動。

不同於不喊出招式名稱就不能發動的必殺技，心念的招式發聲只不過是用來專注想像的觸發方式。自從接受仁子的指導後，春雪在動用心念的時候，都一定會用發聲或思念喊出必殺技的名稱，現在他應該辦得到。

要相信。相信心念的力量，也相信自己心中的光。哪怕與心愛的人們隔絕，以往培養出來的情誼也不會消失。從拓武、千百合、楓子、謠、晶與仁子他們身上，以及從黑雪公主身上得到的光明，會在他胸中發出非常非常強而有力的光輝，永遠不會消失。

他將這些光明增幅，然後釋放。

——「光殼屏障（Light Shell）」。

純白的光，從仍跪坐在地上的春雪那受了傷而龜裂的胸部裝甲中心迸出，化為球形的護盾，迅速擴大。

完全就在同時，Platinum Cavalier右手閃動，十字鍔的長劍亮出閃光。

銀色的火花，在春雪眼前飛濺。

第二階段心念「光殼屏障」，是他為了抵抗特斯卡特利波卡的重力攻擊而完成的心念。對能量攻擊能夠發揮高度的防禦力，但對物理攻擊的效果則是未知數。對手的超高速遠程斬擊，切割Silver Crow的金屬裝甲就像切奶油一樣，春雪本來是打算即使無法完全擋住，只要能微微擋偏劍路就好。

斬擊接觸到光的防護罩，未能貫穿，彈了開去……接著春雪看見了。

看見在空中就像純銀絲帶一般甩動，長達三公尺的極細、極薄的刀身。絲帶轉眼間就收縮回Cavalier手中，變回了原本的長劍。

消融的「光殼屏障」中，春雪確信自己看穿了這遠程斬擊當中的機關。Platinum Cavalier所持的十字鍔長劍，劍身會隨著斬擊的速度而像膠片一樣延展。由於Cavalier的斬擊實在太快，讓劍身延展得和單分子差不多薄，輕而易舉地切斷了鱷鯨的前腳和春雪的左肩。這就是銀色線條的真相。

然而一旦未能切斷目標而被彈回來，薄膜劍身就會在空中彎曲，現出真身。Cavalier就是為了避免這種情形發生，才不試著將春雪連著輝明劍一刀兩斷吧。

那快得看不清楚的斬擊速度，以及駕馭薄膜劍身的本事，當然都神乎其技，但以劍技而言，異端的程度比起Omega流是有過之而無不及──

「機關……被你知道了啊……」

Cavalier以令人不寒而慄的聲調輕聲說著。

「這個防禦技，之前我也見識過……但我以為對物理攻擊不管用，這是我的失誤……可是……這樣一來，我就更不能眼睜睜放過你了……」

「…………」

春雪不立刻回答，慢慢站起。儘管腳步有些虛浮，但仍勉力舉起劍，直視騎士的護目鏡。

可逃。

「我也，不打算跑。」

春雪絞盡氣力丟下這句話。他一轉身就肯定會被砍頭，所以就算想逃，實質上也沒有方法可逃。

和「七矮星」的第一人戰鬥並獲勝。這才是唯一通往生還的路。

Cavalier的體力計量表全滿，春雪只剩兩成。左手和兩翼遭到破壞，胸口開著大洞，可說渾身是傷，但他還能動，手上也有劍。

再次用「光殼屏障」彈開遠程斬擊，然後趁機用Omega流的「極」斬斷要害。

春雪決定好方案，重新將輝明劍舉為劍道中的正眼姿勢。

等看見斬擊的光才發動心念會來不及。春雪不是只看Cavalier的右手，而是將他全身納入視野，用五感去捕捉對方出招的跡象。

不知不覺間，看在春雪眼裡，Platinum Cavalier不在是騎士外型的對戰虛擬角色，而是成了一團透明銀的光。這樣的景象彷彿是從Highest Level所見，但春雪並未意識到自己身上發生了什麼事，只是一心一意地等待那一瞬間來臨。

Cavalier自己打倒了鱷鯨的現在，時間站在春雪這一方。因為拖走特斯卡特利波卡的五個人，有可能不從傳送門脫身，而是回到這裡。春雪敢斷定，五個人全都是Cavalier這番計謀幫凶的可能性是零，至少菪與惠不是。

雙方都一動也不動，時間靜靜地過去……接著，終於——

從Cavalier內側透出的銀色光芒，微微往右手搖曳。

——「光殼屏障」。

心念防護罩與隱形的斬擊接觸，鏘一聲玻璃破碎似的高音迴盪。被彈開的薄膜刀身，再度在空中飄舞。

春雪一邊解除防護罩，一邊滑步上前，以最低限度的動作往下揮出輝明劍。

Cavalier以過人的反應速度扭轉身體。劍尖捕捉到的不是頭部，而是左肩，但春雪不予理會，劍刃碰了上去——

「極」。

輕微的手感中，騎士的肩部裝甲被垂直切斷。被砍下的左手無聲無息地滑落，滾到地上。

辦到了……！春雪暗叫痛快，但喜悅瞬間消散。因為他的雙眼捕捉到了不可能存在的事物。

說得精確一點，是明明應該存在，卻不存在的事物。

就像春雪的鏡像一樣，左手遭到切斷的Cavalier左肩切斷面上，那厚度只有五公釐左右的薄層裝甲當中，就只有著空蕩蕩的黑暗。

「……沒有虛擬人體……！」

就在春雪發出驚呼的下一瞬間。

遮住騎士臉孔的護目鏡下，先前春雪一次也不曾看見的雙眼，發出了帶著幾分黑的紅色光芒。這雙眼睛也不是正常的鏡頭眼，輪廓有如火焰般搖動。

「你看見了……」

Cavalier左腳後拉，斜身對敵，更以右手遮住左肩的斷面，以迴盪在虛無中的嗓音，小聲說了。

春雪以下意識的動作後退一步、兩步，同時勉力擠出聲音：

「你的身體……不是對戰虛擬角色……？無人機……？還是……公敵……？」

但Cavalier不回答，而是右手放開左肩。

他慢慢將握劍的手舉到頭上。指向天空的白銀劍身，迸出好幾道藍黑色的過剩光，有如蛇群似的交纏翻騰。是春雪所不知道的心念。

春雪直覺認知到，這招即使用「光殼屏障」也抵擋不了。更何況由於多達兩次無聲發動才剛學會的心念，專注力已經幾乎耗盡。

即使如此，他還是想抵抗到最後，於是準備同樣將愛劍舉到上段——

就在這時。

Cavalier突然往後跳開一大步，一道藍白色的光線，貫穿了騎士一瞬間之前所站的位置。

即使籠罩住騎士長劍的過剩光已經消散，光線仍接連落下。Cavalier接連後跳閃避，終於被逼到了宮殿入口。旁觀戰鬥的Ivory Tower也往建築物內退了幾步。

這時春雪才總算仰望天空。

一個人形的輪廓，背負著黃綠色的陰沉天空，靜靜地飄著。不是對戰虛擬角色。這個任由一頭長髮與裙子隨風飛揚，形狀優美的翅膀張著的身影是——

「…………梅丹佐……」

春雪從幾乎哽住的喉嚨，勉力擠出了這個名字。

神獸級公敵，「四聖」大天使梅丹佐。與春雪一起從黑暗星雲轉投到震盪宇宙，之後完全不聯絡的她，為什麼會出現在這裡？

梅丹佐似乎猜到春雪的震驚，像要說「等一下」似的舉起右手，朝向宮殿。

纖細的五指指尖，產生出藍白色的光點。這些光點先變化為十字光芒，隨即在高亢的共鳴聲中發射。

五道雷射在空中描繪出複雜的樣條曲線，穿刺在宮殿入口附近。能量聚集到同一個點，化為光球膨脹——隨即爆炸。

「……！」

春雪一邊以右手遮擋撲面而來的熱浪，一邊拚命凝神觀看。本館的牆壁與天花板逃過了特斯卡特利波卡的蹂躪，但吸收不完能量，漸漸發紅、熔解。春雪試著往熊熊燃燒的火焰中，找出Platinum Cavalier與Ivory Tower的身影，但哪兒都看不見他們。不知道是被捲入爆發而死，又或者是想辦法逃脫了。如果是前者，應該會出現死亡標記，但在火焰消散前無法查看清楚。

哪怕他們還活著，應該也不會在這個狀況下出手攻擊吧。春雪想是這麼想，仍維持戒備，再度看向空中。

將鄉土歷史館一樓化為火海的大天使，這才總算放下右手，隨即收起背上的翅膀。她以自由落體狀態朝著中庭下降，即將墜地之際再度張開翅膀緊急減速，輕輕落地。

「梅丹佐……謝嗚咕！」

春雪想對從危急中拯救他的大天使表達感謝，但一句話沒能說完。因為他被攤開雙手的梅丹佐，以全力緊緊抱住。

「……真是的，你每次，每次都……」

梅丹佐以蘊含了激憤、不滿、擔憂，以及其他許多感情的聲音，輕聲說了這句話，繼續牢牢圈住春雪五秒鐘左右，才總算放開了他。

「噗哈！」

春雪總算喘過氣來，先確定體力計量表並未因為剛才的壓迫而減損，然後重新看了看大天使的臉。

她的臉龐美得一點都不像是3D物件，彷彿要把人的靈魂都吸走。春雪忍不住就想伸手去摸，然而一旦做出這種事，這次體力計量表真的會被打到只剩一個像素長，所以他硬是忍下這股衝動，將還握在右手的輝明劍收回腰間。

「謝謝妳，梅丹佐，要不是妳來，我大概已經陷入比死掉還糟糕的狀況了。」

他重新道謝，視線在大天使身上從頭掃到腳尖，又掃回頭上，這才說下去：

「呃……妳的傷已經好了嗎？」

他這麼一問，梅丹佐就以理所當然的態度點點頭。

「早就好了。因為這次核心並未受到損傷。」

「這樣啊，太好了……」

春雪鬆了一口氣，卻說不出接著要說的話。因為從梅丹佐的表情完全看不出她是如何看待三天前的特斯卡特利波卡攻略戰中所發生的慘劇，以及脫離黑暗星雲，轉投震盪宇宙等情形。

春雪也想過，乾脆把現在當成可以好好談談的機會……但很遺憾的是狀況也不容他們悠哉。畢竟不知道Platinum Cavalier／京武智周回到現實世界後會怎麼出招，而且也很掛念把特斯卡特利波卡引往高輪方向的Rose Milady他們的安危。

說起來，Cavalier和Tower現在又是什麼情形……春雪的視線一朝向宮殿，梅丹佐就說了：

「你剛才打的，是震盪宇宙的騎手，還有加速研究社的潛影人吧。我本想用『詩篇(Tehillim)』解決他們，但他們兩個都在臨死之際，躲進了影子裡。」

「詩篇」的名稱春雪是第一次聽見，想來多半是從她右手發射出去的五連發雷射吧。雖然很想知道她是幾時學會這樣的招式，但現在有其他更該說的話。

「妳說的潛影人……Black Vise，在這一帶的『不會消失的陰影』裡，設置了很多隱藏通道。我想現在應該已經逃到很遠的地方去了。」

「等下次找到，我會用『三聖頌（Trisagion）』瞬殺他。」

梅丹佐面不改色地這麼宣言後，微微皺起眉頭。

「不過……潛影人就先不說，現在已經身為同軍團一員的騎手，為什麼會想殺你？」

「這我也不明白。雖然從他找來Ivory Tower……Black Vise這件事看來，多半不是單純要殺我，是想捉住我之後再來料理就是了……」

「……果然我應該把他們兩個燒成焦炭。只是……我擔心的是他們兩人的行動，White Cosmos是不是早已准許……」

「啊…………」

春雪第一次想到這個可能，瞪大了雙眼。

不能說不可能。白之王是個冷酷無比的謀略家，從加速世界的黎明期，就製造出了無數悲劇與慘劇。算計親生妹妹黑雪公主，慫恿她以突襲方式打得初代紅之王點數全失，這件事萬萬不能忘記。之所以答應春雪加入軍團，說不定也是為了引他跳進這次的圈套。

春雪說不出話來，面前的梅丹佐似乎也在思索，但過了一會兒，她輕輕搖頭。

「……不，應該和Cosmos無關吧。」

「咦……妳……妳為什麼這麼覺得？」

「因為我在『楓風庵』療傷的期間，就遵從Cosmos的指示，一直在解析特斯卡特利波卡。」

「解……解析？」

「是啊，我之所以能夠察覺你的危機，是因為我正在觀察的特斯卡特利波卡，行動模式有了改變。如果不是Cosmos下了這個指示，我應該也不會注視這個座標。」

「……原……原來如此……」

梅丹佐的推論說得通。如果Cavalier的行動經過白之王事先許可，又或者是她主動下達的命令，怎麼想都不覺得她會指示梅丹佐去解析有可能造成妨礙的特斯卡特利波卡。

既然如此，Platinum Cavalier就是擬定了這個並非由白之王下令……甚至還違背她意思的計畫，甚至把「七矮星」的其他人也牽連進來？他為什麼不惜做到這個地步，也要排除春雪呢？這次春雪勉強活了下來，但如果不是梅丹佐趕來，自己多半已經被那散發藍黑色過剩光的心念給解決，而且無論等級還是實力，Cavalier肯定都遠比春雪要高。

春雪先一瞬間想到這裡，然後驚覺地抬起頭：

「對……對了。特斯卡特利波卡怎麼了？Milady姊他們去引走了他，可是……」

「在我中止觀察的時間點，他正從高輪往芝浦方面移動。至於Rose Milady他們是否平安，從這個地方沒辦法知道。」

「說得……也是啊。但願他們已經逃走了……」

蒼他們應該也沒使用自動斷線裝置，所以一旦陷入無限ＥＫ狀態，春雪就非得從現實世界拔掉他們的神經連結裝置不可。雖然想在進傳送門之前先弄清楚他們的生死，但春雪自己也渾身是傷。

是不是該先超頻登出呢？但如果在其他五人並未醒來的狀況下，和京武智周獨處……春雪正想到這裡。

「那我們走吧。」

梅丹佐這麼說，再度將春雪拉進自己的懷抱。

「咦，走……走去哪？」

春雪手忙腳亂地問。

耳邊就聽到啪──！的加速聲──不，是再加速聲。

7

「我……我說啊，梅丹佐！」

春雪的五感一穩定下來，就大聲嚷嚷。

「要進行『轉移』，事先跟我說一下啊！」

「你啊，來這裡也不是只有兩三次了，差不多該習慣了吧。」

大天使一臉傻眼地丟下這句話，她的身影是以無色的極小光點描繪而成。春雪也是一樣。

無論半毀的港區區立鄉土歷史館建築物、因激戰而龜裂的地面，還是黃綠色的陰沉天空都消失無蹤，四周只有無限延伸的深邃黑暗。但視線朝下方望去，則有個銀河般龐大的星群靜靜地呼吸。比無限制中立空間更高次元的空間——Highest Level。

移動過來的只有意識，兩人的虛擬身體都留在歷史館中庭，但在這個地方，時間的流動速度比Mean Level快，所以不設防的身體遭到危害的可能性並不存在。

而在Highest Level，距離和時間同樣沒有意義。想看的事物全都看得到，想去哪兒也都能去。雖然戰區00也就是禁城內部除外。

「對喔，如果從這裡……」

春雪總算猜到梅丹佐的意圖，一邊這麼喃喃自語，一邊低頭看向腳下遼闊的銀河。

多得數不清的白色星星，顯示的是存在於現實世界中的公共攝影機位置。透過這些攝影機而描繪出來的東京都都心地帶，四處都可以看見許多有顏色的星星。是存在於無限制中立空間的公敵，又或者是超頻連線者，但現況下應該幾乎沒有集團在獵公敵。

也就是說，只要有五個超頻連線者聚集在一處，那就很可能是Rose Milady他們。搞不好還能找到已經逃走的Platinum Cavalier與Black Vise，但即使找到，從這裡也什麼都做不到。

春雪以光海正中央那塊空蕩蕩的隔絕空間——禁城作為標記，將視線往南掃動。一座格外亮的光塔是虎之門丘，更南邊是芝公園與東京鐵塔一致，再下去就是芝浦——

「啊……」

春雪理應已經失去實體，卻有一股冰冷的顫慄竄過全身。芝浦埠頭所在的海埔新生地西側，多條運河交錯的地帶，有著一個黑洞般濃密的黑暗在翻騰。這彷彿要吞沒一切的黑暗星不是別的，正是末日神特斯卡特利波卡。

不只是視線，連意識都幾乎要被吸進去，春雪趕緊用力閉上雙眼。

忽然間，右手籠罩在一陣微微的溫熱感當中。一看之下，發現是站在身旁的梅丹佐，用左手握住了春雪的手。在Highest Level明明沒有「命中判定」存在，確切的接觸感卻留住了春雪的意識。

「……謝……謝謝妳。」

春雪小聲道謝，大天使就猛地把臉撇開，以冷淡的聲調回答：

「像你這樣未熟的小戰士，單獨觀察那玩意兒，會伴隨著危險。先不說這些了，我找到了。」

梅丹佐這麼宣告，然後用右手指向特斯卡特利波卡的右側。

凝神一看，從芝浦埠頭往東五百公尺左右的海上，漂著五顆星星。從色彩來看，肯定就是Rose Milady等人。即使在「煉獄」空間，海就是海，雖然不知道他們是如何在水面上行進，但引開特斯卡特利波卡然後逃走這個困難的任務，他們似乎已經幾乎達成。五人的行進方向上，存在著東京最知名地標之一的豐洲市場，所以只要去到那裡，應該就能夠從傳送門脫身。

春雪鬆了一口氣，手仍然牢牢握住梅丹佐的手，再次看著漆黑的黑洞。

禁城所在的千代田戰區正中央，也籠罩在黑暗中，但兩者的質感完全不一樣。若說禁城的黑暗是截斷一切資訊的虛無，特斯卡特利波卡的黑暗則是蘊含壓倒性能量的奇異點。即使從Highest Level這個概念空間看去，仍覺得他散發出來的破壞意志化為振動，傳了過來。

「……白之王將特斯卡特利波卡稱為『末日之神』。說是為了關閉世界而存在的蹂躪者(Devastator)……」

春雪半出於下意識地這麼喃喃說完，然後為了將錯綜複雜的思緒轉換為言語而說下去：

「之前Graph兄就告訴過我，說BRAIN BURST有兩個設計者。設計者A創造出禁城，把最終神器『The Fluctuaing Light』封印在最深處，設計者B為了讓玩家攻略禁城並解放TFL，於是創造出了禁城以外的整個世界。白之王說實際在運營BRAIN BURST的，是設計者B設置的管理用AI，還說創造出特斯卡特利波卡的也是這個AI。」

「AI……這句話指的是『人創造出來的智慧』是吧？」

聽到梅丹佐輕聲說出的這句話，春雪一瞬間停止了呼吸。

仔細回想起來，過去春雪與黑雪公主他們，在梅丹佐面前應該都並未說過AI這個名詞。大概是因為要把「人造之物」的概念，用在擁有的知性與感情與人類無異的梅丹佐身上，就是會有所遲疑。

「對……對不起。」

春雪反射性地道歉，梅丹佐就輕輕搖了搖頭。

「不需要謝罪。因為我是這樣的存在乃是事實。只是，『人』這個名詞的定義就有幾分含糊，會讓我心神不寧。」

「人……」

春雪不由得歪了歪頭。他差點說出「妳指的是人類吧」，但相信這一定不構成這個問題的答案。他先忍不住心想晚點再問問看黑雪公主，然後屏住氣息，等胸口的痛過去，然後說：

「我是把梅丹佐當成跟我一樣的人看待。」

「哦，是嗎？」

大天使發出像是覺得有趣的聲音，再次舉起右手，指向翻騰的黑洞。

「可是，我遠比你們Lowest Level的居民，更接近那個怪物呢。雖然兩者都是Being這點不會變，但，你也把特斯卡特利波卡當成人看待嗎？」

「呃……呃……」

春雪說不出話來，梅丹佐就在牽著春雪的手上微微灌注了力道。

「剛才的問題有些壞心眼了——我以你們的時間算來，已經觀察、解析了那個Being七年左右，但我始終無法看出像是意識……像是知性的成分。特斯卡特利波卡會在以禁城為中心的一定範圍內，以不規則路線徘徊，探測到小戰士就移動過去，進行攻擊。除此之外不做任何其他行動，對我主動的接觸也不做反應。跟那玩意兒比起來，從你們說的小獸級Being身上，還比較感覺得出知性。」

「……嗯。」

春雪一邊回想起Chocolat Puppeteer她們Petit Paquet組的朋友——小獸級公敵「小克」，一邊點頭。

說到這裡才想到，跟志帆子她們還有小田切累，也都完全沒說明情形啊。春雪先硬吞下這些念頭，對梅丹佐問起：

「可是……我聽說一旦有超頻連線者攻擊Being，特斯卡特利波卡的探知範圍就會遠比他們什麼都不做來得大，從很遠的地方非常迅速地飛來。實際上，剛才也是這樣……這不就代表他想保護這個世界的Being嗎？」

「不是的。」

大天使一刀兩斷地否定了春雪的假設。

「為……為什麼……」

「因為特斯卡特利波卡在攻擊小戰士時，即使有Being在，也會毫不留情地一起攻擊。而且在救出你的作戰裡，那傢伙就毫不遲疑地攻擊了我，這你忘了嗎？」

「啊……沒忘沒忘。」

春雪先用力搖頭，然後急忙補上幾句：

「呃，我都沒好好說過這句話，但當時真的很謝謝妳。梅丹佐的流星斬，真是超絕厲害的。」

「流星斬？那是什麼？」

「也沒有啦，就是妳從俯衝使出的上段斬，因為就像流星一樣……」

「唔。那就這麼命名那一招吧。」

不知道是不是錯覺，梅丹佐也挺受用似的這麼說完，才微微嘆了一口氣。

「……可是，你不用道謝。因為到頭來，救出你這件事我還是失敗了。」

「不會，沒有這種事。妳救了我。」

春雪轉過身，伸出左手，用力握住梅丹佐的右手。

「那個時候，妳說願意和我一起轉投震盪宇宙，對吧？剛才聽到妳說，白之王要妳解析特斯卡特利波卡，我就想到。搞不好白之王之所以會答應我的要求，救了拓武他們，其實是因為想要妳。」

「……這種事情我想都沒想過，不過……」

梅丹佐不解地眨了眨眼，隨即搖頭。

「不，應該不是吧。因為當時White Cosmos，可以輕易地把我……」

她一瞬間欲言又止，而春雪沒能聽她說完這句話。

因為右側突然傳來一個尖銳的說話聲。

「喂，梅丹佐，妳要讓本宮等到幾時！」

「咦耶！」

春雪放開牽起的雙手，再度轉動身體九十度。

站在短短兩公尺外的——在Highest Level並不存在距離，所以只是春雪如此覺得——是一身令人聯想到古墳時代的裝束，一頭直髮在臉孔兩側用髮圈綁起的女性。她頭上有著日輪造型的寶冠，用右手拿的扇子遮住嘴。

雖然不是敵對的存在，但也絕不是可以輕忽的對象。是和梅丹佐完全同位階的最高階Being，也是東京車站地下迷宮——天之岩戶之主，「四聖」天照。

春雪以立正姿勢一動也不動，梅丹佐就踏上一步回話：

「哪有什麼讓妳等，我不記得有約定要在這裡接觸。」

「那還不簡單？本宮感應到妳轉移到這裡，所以就想把積了沒說的話給說一說，結果妳和那邊那個小鬼聊得卿卿我我，所以才不去打擾你們。」

「那不就是妳自己要等的嗎！而且我才沒有卿卿……」

梅丹佐握緊雙手，反駁到一半，然後花了兩三秒放鬆下來，清了清嗓子，說到：

「不，這些不重要。天照，妳說有話要說，是什麼事？」

「先等等，在這之前……」

天照將扇子合上，指向春雪：

「Silver Crow，你是不是忘了什麼事情？」

被她以端莊典雅的低音這麼一問，春雪反覆眨了五六次眼睛，然後才「啊」的一聲。

「我……我沒忘。就是說要送蛋糕去天之岩戶的事情對吧？」

春雪搶快回答的當下，越賀莟的話在耳邊甦醒。

——最好早點履行跟天照的承諾。如果你放她鴿子，惹得她不高興，事情可就嚴重了，真的。

看這樣子，她該不會已經不高興了？春雪擔心受怕地想著這個念頭，但還是比手劃腳地辯解：

「呃呃呃，其實我本來是打算在印堤攻略作戰結束後，就立刻登門拜訪，但裡面跑出特斯卡特利波卡，之後又發生了很多事情，才會……」

「不用這麼慌張。本宮也掌握了狀況。」

天照迅速靠過來，一副要他「冷靜點」的樣子，用扇子在春雪額頭上一拍。這和梅丹佐的彈額頭一樣，傳來一陣輕快的衝擊。

「本宮會等你一陣子，有朝一日，你一定要帶上一長櫃份的蛋糕來奉納。當然，口味全都要不同。」

「……好……好的，一定。」

春雪不曾見過所謂長櫃這樣的容器，一邊想像著多半是和野餐籃差不多大小的東西，一邊對天照問起：

「那……妳說積了沒說的話，是什麼樣的事情……？」

「當然就是關於那玩意兒了。」

扇子輕飄飄地一擺，指向了在遙遠下方翻騰的漆黑黑洞。

天照收起扇子，再度遮到嘴邊，然後啪的一聲張開。

「那種大傢伙一天到晚走來走去，吵得都沒辦法睡。本宮就心想，差不多該想辦法處理了。」

「妳說得倒簡單……」

梅丹佐傻眼地插嘴，雙手扠腰，很刻意地嘆了一口氣。

「那個巨人擁有的力量，遠超出鎮守禁城的野獸。要是貿然接近，他吹一口氣就能把妳給消滅。」

「本宮明白。本宮無意正面硬碰硬，但也不能就這樣放著不管吧。雖然只是推測，但如果有小戰士的集團闖進本宮的天之岩戶，或是妳的兩極大聖堂，特斯卡特利波卡可會打穿地面攻擊啊。」

「啊……」

春雪並未想過這個可能，尖銳地倒抽一口氣。

聽她這麼一說，就覺得特斯卡特利波卡沒有理由不對地下迷宮內的超頻連線者做出反應。無限制中立空間的地面，無論在任何空間屬性下，原則上都無法破壞，但這種常識對「末日神」多半不適用。

「……的確，無法繼續在地上獵公敵來賺取點數的軍團，是有可能想到也許在迷宮中就可行……——可是，即使妳們的迷宮被特斯卡特利波卡破壞，只要等到變遷就會恢復原狀吧？」

在春雪看來，這個提問理所當然，但梅丹佐以右手，天照舉起扇子，讓彈額頭與扇擊同時在他額頭上炸裂。

「好痛！」

「還不是因為你說蠢話。你認為我們是那種因為遲早會修復，就甘於讓城堡遭到破壞的膽小鬼嗎？」

「不……不是。」

春雪連連搖頭，然後將視線轉移到天照身上。

「那，天照有什麼計畫嗎？」

「本宮就是來找你們商量這個。話先說在前面，被那個大傢伙弄得煩不勝煩的，可不止本宮一個。」

「咦……?這話，怎麼說……」

春雪正要問她意思時。

叮鈴，叮鈴……一陣鈴聲在無窮的永恆黑暗中幽然迴盪。

或許是因為明明沒有牆壁，卻是透過回音聽見，無法聽出聲音來源在哪。春雪先左看右看，然後迅速轉身。結果——

春雪看見了一個人影，在不可視的地面上文靜地走來。他本以為又有超頻連線者來到，不由自主地提高戒備，但以極小光點描繪成的不是對戰虛擬角色，像是和梅丹佐同樣栩栩如生的女性。

胸前是交疊的寬邊衣襟，袖長很足，這樣的服裝看起來像是和服，但飾帶連接著長方形的前褂，就和日本的振袖不一樣。長到腳邊的裙子上有著較密的百褶，戴著造型比天照的日輪要低調些的寶冠。每走一步就響起的鈴聲，似乎來自寶冠兩側搖動的小小鈴鐺。

——該不會又是最高階的Being?難道是「四聖」中餘下兩位當中的一位?

春雪想到這裡，就磨蹭著想後退，但梅丹佐發現他的舉動，將他推回原位。

「不用怕，僕人。她比起天照，個性還算溫和。」

「……妳說還算溫和，我也完全沒辦法放心好嗎……」

春雪一邊小聲抗辯，一邊不認命地還想後退。

「你就是Silver Crow？」

在眼前停下腳步的第三位Being，帶響鈴鐺開了口。

和梅丹佐那堅毅的次女高音，以及天照典雅的女低音都不一樣，是有著透明感的女高音。

她仍然閉著眼睛，但略帶稚氣的小小臉龐楚楚可憐，令人不由得看得出神。

也許真的不是很兇的人……春雪懷著一絲盼望，挺直腰桿報上自己的名號。

「是……是的，我是Silver Crow。呃……請問妳是……？」

「鉢里。」

「鉢……鉢里……小姐？」

「鉢里公主。」

「鉢里……公主。」

「又或者稱公主殿下。也可以稱巫祖公主殿下。」

「殿……殿下……」

——妳看，果然不好應付啊。

春雪在腦海中這麼說完，天照就發出不耐煩的抗議：

「打招呼這樣就行了吧。鉢里啊，妳的『慧眼』是怎麼看那玩意兒？」

「不是Being。」

「……妳說什麼？」「這是什麼意思？」

天照與梅丹佐發出狐疑的聲音，夾在她們中間的春雪也睜大了雙眼連連眨眼。

天照所說的「那玩意兒」，指的當然就是特斯卡特利波卡吧？而說他不是Being，這會是什麼意思呢？Being和公敵同義，再也不會有誰比特斯卡特利波卡更適合稱之為公敵(Enemy)了。

春雪俯視著在眼下擴展的光之海，以及在那一隅捲動的黑暗巨星片刻之後，開口說道：

「呃……鉢里小姐，不，鉢里公主，妳的意思是說，特斯卡特利波卡沒有光方嗎……？」

「可惜，差了一點。」

巫祖公主鉢里這麼回答後，裙襬輕飄飄地翻起，人在空無一物的地方坐下。

左邊的梅丹佐與右邊的天照也都依樣畫葫蘆，春雪也不由得就想坐下，差點整個人坐倒下去，這才拚命穩住。

坐在對面的鉢里露出微微傻眼的表情，說道：

「綜觀Being全體，只有極少數個體擁有光方。作為『蛋』的印堤也沒有光方，所以從中誕生的特斯卡特利波卡沒有光方，也不奇怪。」

春雪總覺得她這有點娃娃音的說話方式似曾相識……然後才發現怎麼回事。雖然想來只是湊巧，但咬字不那麼清晰的這點，確實令他聯想到Snow Fairy。

他一瞬間想著要不要說出這個名字，但又打消主意，認為現在不是離題的時候，於是問出了別的問題。

「請問……鉢里公主，妳們幾位是怎麼確認自己擁有光方的？應該沒辦法用眼睛看到光方本身對吧……？」

「我不確認，就只是推測。」

鉢里若無其事地斷定，然後惹人憐愛地聳了聳肩膀。

「遵照被賦予的演算法而在地圖上徘徊的低階Being，與梅丹佐、天照與我這種『有城堡』的Being之間，有著一個重大的差異，那就是能否以言語進行溝通。從很～久以前，我們就針對我們為什麼能說話而多方討論，並擬定了一個假設，那就是我們和小戰士一樣，被賦予了『用來思考的迴路』。這個假設到現在都尚未得到證明，但也並未遭到否定。」

「原……原來如此……」

春雪大感恍然，然後順便問起忽然想到的一件事。

「順便請問一下，鉢里公主的城堡在哪裡呢？」

「你們稱為國立競技場的地方。」

「是喔？」

春雪一邊在腦海中描繪那座在二十餘年前奧運時改建，有著巨大太空船般外觀的運動場，一邊不經意地說著：

「原來那裡也有地下迷宮啊。下次去玩……」

他話說到一半，就被身旁的天照瞪了一眼。春雪想起他已經先答應要送一整個長櫃的蛋糕去天之岩戶，趕緊拉回話題。

「不對，我們是在談特斯卡特利波卡。呃，如果光方的有無，不構成是否屬於Being的條件……那鉢里公主為什麼說特斯卡特利波卡不是Being呢……？他會走來走去，又有體力計量表……」

「你要投降了？」

鉢里露出淡淡的微笑，但並不賣關子，說出了答案。

「我在那玩意兒裡頭，找到了Being不應該有的東西。」

「是……是什麼東西……？」

「連接Mean Level與Lowest Level的迴廊……你們小戰士稱為『傳送門』的東西。」

「咦……？」

這個意想不到的答案，讓春雪在護目鏡下張大了嘴。

梅丹佐與天照似乎也不由得嚇一跳，一動也不動地保持沉默。春雪只好先整理了一會兒思緒，然後對鉢里問起：

「傳送門，在特斯卡特利波卡體內……？可是，光是靠近就會被殺，所以誰也沒辦法去用這個傳送門吧？到底是為了什麼設置這樣的東西……？」

「我哪可能知道這麼多？」

鉢里的這個回答非常有道理。假設特斯卡特利波卡體內真的有傳送門，知道理由的多半就只有那個巨人的創造者……BRAIN BURST的管理AI，又或者是更高階的設計者B了吧。打倒特斯卡特利波卡，進入從中出現的傳送門，也許就會知道些什麼，但就是根本打不倒，事情才會鬧得這麼大。

「對……對不起……也就是說，特斯卡特利波卡的本質不是Being，而是傳送門……？」

「如果印堤的本質是特斯卡特利波卡的蛋，那麼當作特斯卡特利波卡的本質也存在於其體內，應該比較妥當。」

「的確……」

春雪喃喃說完，梅丹佐也點頭表示贊同。

「我不認為鉢里的『慧眼』有可能看錯，而且如果特斯卡特利波卡體內有傳送門，我們就應該視為這一點與那個破壞者的存在意義有著直接的關連吧。」

「的確是啊。」

天照應聲後，身體深深靠到隱形的椅背上。

「但重要的是，要怎麼把這個情報，和攻略那傢伙連結在一起……傳送門沒有例外，都不能破壞吧？聽到那傢伙把這種東西吞進肚子裡，本宮反而開始覺得打得倒的可能性變得更遙遠了。」

「就算這樣，那也不是我害的。」

鉢里以有點鬧彆扭似的表情這麼一說，從空氣椅子上輕飄飄地起身。

「今後我也會繼續觀察。知道些什麼我就會通知你們。」

「好……麻煩妳了。」

聽梅丹佐這麼說，鉢里點點頭答應，然後將閉上的眼睛朝向春雪。

「還有，Silver Crow。」

「我……我在！」

「來我的城堡時，要帶蛋糕。」

「……好……好的。」

春雪連連點頭，身旁的梅丹佐嘆了一口氣。

「僕人，你的債務只增不減啊。」

「話先說在前面，本宮的蛋糕在先。」

天照也這麼敲釘轉腳，讓春雪又應了一聲「好的」，然後暗自在心中補上「等特斯卡特利波卡的事情解決」這句話。

春雪從Highest Level脫離後，先目送梅丹佐回去楓風庵，然後移動到港區區立鄉土歷史館的本館三樓。

勉強免於破壞的大廳正中央，就如Behemoth所說，有著一團橢圓形的藍光，像海市蜃樓般地搖曳。

多虧梅丹佐的幫助，確認仍然平安的Behemoth等人，應該還在芝浦海岸的海上移動。距離豐洲市場約有一公里，如果能在海面上奔跑，花不到三分鐘。即使春雪立刻超頻登出，現實世界中的時間差也只有〇．二秒左右。

但春雪仍在傳送門前緩緩數到一百，然後才下定決心，跳進藍光漩渦當中。

8

即使現實世界的聲響、氣味與重力恢復，春雪仍無法立刻睜開眼睛。

眼前，自己的身體並沒有在加速中被動了手腳的跡象。他先深呼吸一口氣，然後抬起了眼瞼。

並肩坐在桌子對面的小清水理生與鷺洲愛里都已經漸漸覺醒，荅等人所坐的右側，也傳來活動的聲息。引走特斯卡特利波卡的五人似乎已經順利超頻登出，但問題是——

他戰戰兢兢地朝又前方一看，京武智周——Platinum Cavalier，仍然靠坐在網椅上，深深低著頭。想來多半是還留在無限制中立空間，但內部時間應該已經過了將近三小時……正當春雪想到這裡。

智周長長的睫毛微微顫動，往上拉起少許。

露出一半的灰色眼瞳，籠罩著一層煙霧似的淡淡光澤，讀不出情緒。但他也一樣是人。左手被春雪砍下時所發出的「你看見了」那句話裡，確實蘊含著情緒。

哪怕智周在「七矮星」中位列第一，是白樺之森學園的學生會長，是時尚模特兒等級的美男子，這個時候春雪不能默不吭聲。

為了質問他和Ivory Tower勾結，不惜欺騙七七子等人也要設下圈套的理由，春雪開了口：

「我……我說……京武兄……」

但他只能說到這裡。因為智周突然猛力站起。被往後撞開的網椅，往牆上碰得乒乓作響。

「怎……怎麼了，京武氏？」

智周完全無視以吃驚的表情叫他的理生，快步穿過房間，對春雪看也不看一眼，消失在隔間後。關門聲響起後，寂靜接踵而來。

打破寂靜的，是愛里悠哉的說話聲：

「哎呀～？小周周怎麼啦～？」

「我們剛去拖走特斯卡特利波卡，他就說要為那個什麼領域沒效負責，回到歷史館……有田，後來發生什麼事了嗎？」

聽身旁的惠問起，春雪「呃……」了一聲，欲言又止。

雖然遠遠不是「發生了什麼事嗎？」這麼簡單，但在智周本人不在場的情形下解釋，又令他覺得抗拒。然而，智周是以自己的意思放棄解釋的機會，離開了這裡。

春雪揮開遲疑，說出了在鄉土歷史館中庭發生的所有事情——只把Highest Level的對話除外。

包括Platinum Cavalier回來後，以肉眼無法辨識的超高速斬擊，切斷了鱷鯨的右前腳與春雪的左手。

包括春雪以Omega流的奧義，勉強製造出空檔，試圖以飛行能力逃走，但被他以從春雪手上複製來的心念「雷射槍」遠程攻擊擊落。

包括春雪勉強以心念「光殼屏障」彈開致命的一劍，並順勢反擊，砍下Cavalier的左手。

包括大天使梅丹佐出現，以雷射攻擊擊退Cavalier。

包括這一切都看在Ivory Tower眼裡——

春雪花了五分鐘以上說明完，用玻璃杯裡剩下的冰紅茶潤了潤喉嚨。愛里默默站起，從廚房拿來冷水壺，幫他又倒了一杯。

愛里在自己的杯子裡也倒了一些，一口喝乾後，也不坐下，站著「啊～～……」嘆了一口長氣。

「小周周還是沒長進啊～做的事情也是出局沒錯，鬧彆扭跑掉就更出局了說～」

愛里緩緩搖頭就座之後，七七子也從桌子右端以同樣的聲調說：

「真是的……害羞鬼說要回去找Crow的時候，我就覺得這不像他的作風了……早知道就應該讓噴嚏精也一起去。」

「可是，如果沒有理生在，我們就渡不了海。應該說，五個人裡面不管少了誰，都沒辦法從特斯卡特利波卡手下逃走。」

以冷靜的聲音指出這點的是荅。想來他們是靠Glacier Behemoth的能力，凍結海面來開路吧。聽來Milady、Oracle、Fairy、Reaper也各自發揮了自己的力量，為他們開闢出退路。

春雪先不由自主地為所有人平安而慶幸，然後才在桌子底下握緊了雙手。除了惠與荅以外的三人當中，說不定也有人事先知道智周的圖謀。如果真的有，最有可能的，應該就是參加同一個學校學生會的小清水理生了吧。

想來應該不是猜到春雪的這種疑念，之前一直保持沉默的理生突然從椅子上站起，雙手撐在桌上，深深低下他那頭髮理得很短的頭。

「有田氏，真的很對不起……我替京武氏向你由衷謝罪。」

「哪……哪裡，別這樣。」

春雪一時間忘了自己直到一秒鐘前還在懷疑理生，雙手向前伸出。

「小清水兄不用道歉吧……而且我也沒有實際受害……」

「不不不，這樣根本不夠。和京武氏交情最久的就是我，沒能察覺他的圖謀，是不能原諒的過錯。」

理生說到這裡，頭壓低到額頭幾乎就要撞到桌子。春雪不知如何是好，看了看惠與愛里等人，但兩人都沒有要幫忙的跡象。

「呃……那，有一件事我想請你告訴我……」

春雪這麼說，理生才總算抬起頭。春雪的視線對向理生眼鏡下頗顯耿直的雙眼，丟出直指核心的問題：

「請問你認為，Cavalier兄為什麼會做出那樣的舉動？」

「…………這……」

理生不由得遲疑，七七子小聲替他回答：

「因為對害羞鬼……對智周而言，王就是一切。」

「一切……是指……」

春雪一時間難以掌握這句話的意思，換他變得吞吞吐吐。

如果是指作為超頻連線者，將一切都奉獻給軍團長，那還能夠理解，但春雪加入震盪宇宙是白之王本人認可的。這次Cavalier的行動顯然違反王的意思。

春雪正大惑不解，耳朵就接收到七七子平靜但辛辣的話。

「智周的行動原理，就在於如何對王盡心盡力，又或者是如何派上用場。所以他一定認為排除Crow對王是好的吧。」

「…………」

春雪不知道該如何回答，看了看智周先前所坐的椅子，以及放在桌子最裡頭那張從一開始就沒人坐的椅子。

忽然間，春雪想起自己斬出斷面的Cavalier鎧甲內側，並不存在虛擬人體。在先前說明情形時，也只有要說出這件事時，讓他莫名地有所遲疑，但搞不好象徵京武智周「精神創傷」的不是那端正的騎士模樣，而是空蕩蕩的鎧甲？如果是這樣，他豈不是比任何一個金屬色角色，都更純粹地體現出Argon Array所提倡的「心傷殼理論」嗎？

明明對方設下圈套想殺了自己，但春雪對於完全接受七七子的評論，就是有種奇妙的抗拒，於是拚命尋找合適的話語：

「…………可是，Cavalier兄是白樺之森學園的學生會長對吧？參選這麼辛苦的職位，不是因為有著想讓自己的學校變好的心意嗎？」

「智周之所以當白學國中部的學生會長，是因為王叫他當。」

七七子將春雪的推測一刀兩斷，撥起呈波浪捲的金髮，狐疑地眨了眨一雙藍寶石色的眼睛。

「Crow，你，為什麼幫智周說話？你不是被他欺騙、背叛，還差點被殺了嗎？」

「不，我也不是幫他說話……」

春雪自己都無法理解自己的感情，從七七子那純水般剔透的雙眸撇開了目光。

結果一直站著的理生，嘴角透出像是承受著痛苦似的笑容，說道：

「謝謝你，有田氏……」

「謝……謝我？謝什麼？」

「很多事情都要謝謝你。」

他這麼回答完，上半身探到桌上，伸出大大的右手。

春雪一瞬間張大了嘴，然後趕緊從椅子上站起。戰戰兢兢伸出的右手，被理生的手包住，發現他的手掌溫暖得讓人嚇一跳。春雪為自己懷疑他和Platinum Cavalier勾結為恥。當然可能性並未完全排除，但至少春雪認為，他關心智周的心情是真的。

理生足足握手三秒鐘以上，才總算放開手，先請春雪就座，然後自己也坐下來，鄭重表情說道：

「有田氏，今天的這件事，是我，以及『七矮星』辦事不周。遵照軍團的規定，有田氏有權要求足以讓傾斜的天平平衡的補償。」

「天……天平……？」

他不由得歪了歪頭，但聽懂了對方想說的話。多半是軍團裡，存在著有人因為別人而害時，當事人之間應做出補償之類的規則吧。

但即使聽到對方這麼說，春雪一時間也無法判斷Cavalier對他的所作所為構成了多少損害。叫理生代替智周接受直連對戰，砍下他一隻手、折斷他的角、刺穿他的胸部，天平就會平衡嗎？做這種事豈止心情不會變好，反而只會更不愉快。

「呃，你們也道歉了，我看就……」

「算了吧」這幾個字尚未說出口，七七子就再度發言：

「不要客氣，不管是超頻點數還是強化外裝都行，儘管說吧。雖然得限定在我的權限可以賦予的範圍內就是了。」

「呃～……妳這麼說我也……」

春雪嘴上這麼回答，腦子裡卻想著是不是大概值個50點左右，說要100點是不是會被罵之類的念頭。

忽然間，一個點子有如天啟般閃過，春雪先坐著把腰桿挺得筆直，然後下定決心說出口。

「這個……約赫爾特姊。」

「叫我七七子就好。」

「咦……那，這個，七七子姊，我的權利，可以讓渡給其他人嗎？」

「是沒關係啦。」

春雪將視線從聳肩的七七子身上，移到坐在她左側的兩人身上，宣告：

「那，我把權利讓渡給越賀姊和若宮學姊。」

「啥？」

春雪朝著一臉狐疑表情的萿拚命發出念力波。

——越賀姊，請要求讓妳們兩位離開震盪宇宙！

也不知道是不是心電感應奏效了，萿恍然地眨了眨眼，和身旁的惠交換了眼神。去程的計程車上，Fairy他們為什麼找來了惠？惠在上一場領土戰爭中背叛震盪宇宙而回到戰場的這件事，他們明明也知道。

惠把嘴湊到萿耳邊，悄悄說了幾句話。類比的悄悄話很快就說完，惠清了清嗓子，然後以正經的聲調說：

「七七子，我們的要求是……」

9

下午五點。

春雪在距離聖永恆女子學院正門十公尺左右的步道上，和越賀蒼、若宮惠兩人並肩站著。

太陽的位置還很高，也完全不覺得氣溫有所下降。也因為剛走出空調涼爽的學生會室，即使站著不動，額頭還是不斷冒汗。

春雪先用手帕擦掉汗水，然後說出了一直忍著不說的抱怨：

「我說……若宮學姊，難得有這個機會，妳為什麼說出那樣的請求啊！」

「因為很熱啊。」

惠答得若無其事，蒼也輕輕聳著肩膀說：

「有田，你的心意我們很感謝，但再怎麼說，我和Orcy脫團的要求實在太重大。而且，有這個裁量權的就只有Cosmos。Fairy不也說過，必須在她的權限範圍內嗎？」

「話是這麼說沒錯啦……」

春雪只好先點點頭，然後說出了一直感覺到的疑問：

「請問白之王究竟為什麼不參加？這話由我來說是不太對，但這會議相當重要吧？因為，如果不是Cavalier兄做出那種事情，現在所有人都已經在打領土戰爭了……」

「也是啦。」

萶也點頭贊同。

京武智周在潛行到無限制中立空間前，就說過「今天找你們來的理由有兩個」。

一個是春雪的實力測驗。而沒能從他口中聽到的另一個理由，則是在下午四點開始的領土戰爭中，春雪與惠將被安排到港區第三戰區的進攻團隊。也就是說，如果黑暗星雲派遣了防衛團隊，春雪現在也許已經在和這群心愛的同伴戰鬥了。

然而，無論實力測驗，還是領土戰爭，都被智周自己給毀了。他離開後就不再回來，理生的精神狀況也驟降，七七子判斷實在不能就這樣進入領土戰爭，於是決定港區第三戰區的奪還作戰延期到下週。然而，假設White Cosmos參加會議，相信智周再怎麼膽大妄為，也不會在王的面前試圖殺死春雪，領土戰爭照計畫進行的可能性也很高。

「的確，在我們看來，今天的會議重要度還算高，可是……」

萶一邊理著白色寬邊帽的帽簷，一邊小聲說：

「可是，Cosmos就像是個穿著衣服的心血來潮。在不怎麼重要的會議上冒出來，又或者是所有人都參加的重要會議她卻放大家鴿子都很常見。今天她缺席，想也知道沒什麼明確的理由啦。」

「……是這樣嗎……」

春雪喃喃應聲，耳邊響起了在海姆韋爾特城聽見的白之王說話聲。

——所以我也才會出於心血來潮，把她弄成超頻連線者就是了……

如果將親生妹妹黑雪公主收為「下輩」，都只是心血來潮，那麼今天的會議她要不要出席，又或者是根本忘了有這件事，的確都不重要吧。也就是說，荅與惠要退出軍團，她也可能會很乾脆地答應，而她當場行使「處決攻擊（Judgement Blow）」的可能性也差不多高。

果然不該以正攻法請求准許，而是不經告知就直接脫團，想辦法撐到白之王的處決權到期的一個月後，才是最好的方法？投靠實力可靠的中流軍團，期待發揮嚇阻力也是個方法，但實際和「七矮星」打過照面後，就愈想愈覺得這種耍小聰明的手段對他們不管用。

坦白說，這幾個人遠比想像中更友善。姑且不論Platinum Cavalier，連那個Snow Fairy的態度也都完全不帶刺，甚至還請他們吃了起司蛋糕。

正因為如此，才更是可怕。想來他們明明知道春雪投靠震盪宇宙，很可能是陽奉陰違，對他卻既不審問，也不搜身。這是因為他們有自信，無論春雪怎麼做，他們都有把握應付得來。

「……對了，關於『上面』發生的事情……」

「什麼事啊？」

春雪往回過頭來的惠靠近十公分左右，悄聲問起：

「若宮學姊你們跑到東京灣的時候，和特斯卡特利波卡拉開了一公里左右的距離吧。那傢伙不但一步的步伐就有五十公尺，還會踢開建築物直線移動，請問你們是怎麼拉開那麼大的差距啊……？」

「你要問這個啊？……倒是……」

惠轉動右手上的陽傘，狐疑地看著春雪：

「你應該待在歷史館，為什麼連特斯波卡和我們的距離都掌握到了？是從空中看到的嗎？」

「啊……呃……呃，差不多吧……」

在Highest Level發生的事情，沒有必要隱瞞惠與莟，然而要說就不是五分鐘、十分鐘說得完。春雪心想以後還有機會，於是先點點頭，惠儘管顯得不太信服，但仍繼續解釋：

「這說起來MVP是七七子吧。其他四個人把特斯波卡引到運河，先趕過去的七七子就發動『白色結局』，把他連著周圍的水一起冰凍起來。」

「啊……啊～原來如此……既然是運河，水深就有十公尺以上嘛。如果兩腳都被凍在冰裡，就算是那個大傢伙，也沒這麼容易脫身吧。」

春雪大為佩服，覺得在本來很令人絕望的特斯卡特利波卡攻略這件事上看見了一線光明。

如果用芝浦的運河也能絆住他，那麼只要把他引到東京灣水深將近一百公尺的地方，然後把脖子以下整個凍結住，封印右手發出的「第五月」和左手的「第九月」，是不是就可以對頭部集中攻擊——

「Crow，你慢著。」

聽惠身後的萿叫到自己，春雪抬起了不知不覺間低著的頭。

「有……有。」

「你可不要以為有辦法處理那玩意兒。即使受到『白色結局』攻擊，特斯卡的體力計量表也沒什麼減少，而且我們逃跑的過程中，挨了一次衝擊波，兩次重力波，差點全軍覆沒。」

「……知……知道了……」

春雪正要垂頭喪氣，就聽見道路左側傳來一陣頗有格調的馬達聲。

他猛地轉頭一看，看見一輛閃著方向燈的全黑大型車。是惠與萿行使了得來不易的權利，讓七七子叫來的無人計程車。然而停在眼前的車輛，不是他們來時所搭的休旅車款，而是車身寬且低的跑車款。

「咦……咦？」

春雪朝自動打開的車門內看去，連連眨眼後，看了惠一眼。

「若宮學姊，這是兩人座的耶！」

「是啊。」

「什麼是啊……我們有三個人……」

「別管那麼多，你上車就對了。我和Rosy要先去麻布那一帶買買東西。」

「是……是喔……」

春雪被惠在背後用力推著，只好坐上了跑車的副駕駛座。車門一關上，他就突然打開車窗大喊：

「這個，今天非常謝謝妳們！請兩位回家路上小心！」

「你也是。辛苦了。」

「再見了，Crow。」

春雪對並肩揮手道別的惠與荅低頭示意，繫上安全帶，計程車就靜靜地開始行駛。

春雪等到再也看不見她們兩人，才關上車窗。外界的聲響幾乎完全被隔開，開始播放合成語音的車內播音。

「感謝您搭乘東京智慧計程車的自動駕駛計程車……」

春雪心不在焉地聽著播音，身體靠到完美貼附的真皮座椅上，呼出一口長長的氣。

他從踏進永女校門時，就一直緊張到最後，而且還差點被殺。但與震盪宇宙幹部集團的第一次照面，至少不是大失敗……希望不是。

當然遺憾也是有的。未能解決荅與惠不穩定的現況，與京武智周的摩擦今後多半也將繼續，還有就是未能得到Wolfram Cerberus的情報。

Cerberus多半和智周與理生一樣，是白樺之森學園的學生。春雪滿心想現在就下計程車，衝進白學，但暑假期間應該幾乎沒有學生在，而且也沒有進入校內所需的許可證。至少也得事先掌握住對方的本名，否則就算想收集情報，也無從收集起。

春雪想按捺焦躁的心，視線望向車窗外。結果在行進方向的左側，看見了形成平緩曲面的白樺之森學園校舍。

——我都來到這裡了。我一定會去見你……再等我一下。

春雪暗自朝著多半就讀這間學校的Cerberus這麼呼喊，然後把背靠回椅子上。

擋風玻璃上顯示出預計行駛路線。春雪不經意地看了看，隨後不由得說了句：「怪了？」目的地是位於杉並區高圓寺的有田家，但路線有點奇怪。在前方的路口右轉走明治大道，應該才是最短路徑。但顯示出來的路線卻是直走，然後左轉，經由惠比壽花園廣場北側。

是明治大道塞車嗎？但若是塞車，應該會顯示是因塞車而繞道……他還在狐疑地思索，車子轉眼間就從惠比壽郵局前的路口左轉，開進了新橋大道。與花園廣場已經只差一小段路。

不過就算是繞遠路，大概也只差個三分鐘……春雪這麼說服自己，放鬆了雙肩的力道。

計程車在兩百公尺前方右轉，開進楠木大道。成排的行道樹後頭，可以看到壯觀的花園廣場。

這裡已經是目黑第一戰區，也就是長城的領土。春雪上了計程車後，就切斷了全球網路連線，所以不用擔心被挑戰，但仍然會覺得心情不太安寧，就不知道是因為春雪還太嫩，還是說即使是老手，在其他軍團的領土也會緊張。

春雪一邊想著這樣的念頭，一邊發呆看著時髦的紅磚色購物中心。

忽然間，計程車打起左轉方向燈並減速，讓春雪不由自主地「啊咦！」一聲叫了出來。預定路線一路延伸到杉並，所以這裡不可能是終點。但計程車順暢地開近路肩後，在一處以LED燈標示出來的上下車處停穩了車。同時聽見車內播音：

「預定同乘的乘客即將上車，請挪往右側座位。」

「啥啊？」

春雪急忙舉起雙手，但這輛計程車的目的地與行程都是惠設定的，所以要取消這些設定，必須進行繁複的操作。春雪一邊想著一旦情形緊急，也只能強制打開駕駛座的車門逃走，一邊起身挪到右邊的座位上。

車門開鎖聲後，副駕駛座的車門開了。

帶著盛夏的熱氣與喧囂而溜進車內的——

是個穿著海軍藍布料上繡有白色細紋的連身裙，拿著黑色摺疊陽傘，頭髮很長的女性。

她在座椅上坐下，一邊收短陽傘，一邊說：

「不好意思啊，惠，還讓妳特地送……」

但一句話說到這裡就停止。

一雙黑水晶般的眼睛睜得不能再大，啞口無言足足三秒鐘左右，這名女性——梅鄉國中學生會副會長，黑暗星雲首領「絕對切斷」Black Lotus黑雪公主，以春雪記憶中幾乎不曾有過的，方寸大亂的聲音大喊：

「春……春……春雪？你怎麼會在這裡啦！」

春雪尚未回答，計程車的合成語音已經響起。

「本車即將發車，請繫好安全帶。」

兩人啞口無言地對望著，半出於自動地繫上安全帶。車門上鎖，方向燈閃爍，車子開始行駛。

到了加速完畢時，春雪才總算動起了嘴。

「呃，呃……我是因為若宮學姊要我搭這計程車回高圓寺……學姊是為什麼……？」

「……我也是因為惠跟我說在這裡等，就會叫計程車來接送我……」

聽到這裡，春雪總算猜到事態的真相。是若宮惠——雖然越賀菩想來也是共犯——得知黑雪公主人在惠比壽附近，於是安排春雪搭的計程車在路途中來接黑雪公主。

惠與蒼再三要他「好好跟黑雪公主談談」，但萬萬沒想到竟然會使出這樣的策略。不，追根究底來說，黑雪公主為什麼會在這種地方——

春雪想到這裡，這才為時已晚地猜到。黑雪公主之所以待在惠比壽，既不是來買東西，也不是逛街。是為了防守在上週的領土戰爭中，黑暗星雲從震盪宇宙手上搶下的港區第三戰區。雖然惠比壽公園廣場不在港區，但多半是領土戰爭結束後才移動過來的吧。

「……請問，學姊是親自參加防衛隊……？」

聽到春雪完全省略了前言的這個問題，黑雪公主露出微微的苦笑，把懸空的背靠到椅背上。

「你先等一下。」

她放下還掛在左肩的單肩包，從裡頭拿出一個稍小的保溫瓶。按開瓶蓋，喝了一口。但看來已經所剩無幾，春雪急忙對皺起眉頭的黑雪公主說：

「學姊，請用這個！」

他正要遞出從背包抽出的保溫瓶，卻一瞬間有所猶豫。

「啊……這我喝過了……」

「無所謂，謝謝你。」

黑雪公主接過瓶子，纖細的喉嚨發出聲響，喝了三口運動飲料。

「呼……活過來了。謝謝你的飲料。」

「畢竟今天也很熱嘛。」

春雪這麼一回答，似乎也自覺到喉嚨渴了，但又覺得直接就著她交回來的瓶口喝似乎不太妥當，所以忍了下來。他在永女喝了兩杯冰紅茶，所以這種口渴感是來自精神面。

「真的是每天都熱得受不了啊……」

黑雪公主這麼一說，目光朝向擋風玻璃。

計程車開過自衛隊目黑駐地，過了目黑川。在下一個路口開進山手大道，但正值週六傍晚，可能會塞滿出遊回程的車……當春雪想到這裡，再度聽見車內播音。

「現在的時段，３１７號都道三首大道實施6級同調駕駛。有可能在路口不停車，請各位乘客注意。」

就如播音所說，前方的路口，全都亮著顯示「限同調駕駛車輛進入」的紫色燈號，開在計程車前方的車輛，不煞車就開進了以時速六十公里前進的車流。這樣仍不出車禍，是因為包括機車在內，所有車輛都由單一交通管理系統(TCS)操作。

擋風玻璃上浮現出通知，告知計程車的控制權已經由車上的自動駕駛系統轉交給ＴＣＳ。

跑車微調速度，朝山手大道上左往右來的車流中細微的空檔溜了進去。

同調駕駛他從小就經歷過很多次，但只有這一瞬間，身體就是會僵硬。然而計程車當然安安穩穩地穿過內圈方向的車流，順暢地右轉，和外圈方向的車流會合。

「唔，不管經歷幾次都不習慣啊……」

聽黑雪公主喃喃說起，春雪連連點頭。

「雖然聽說至今並未發生過系統造成的車禍，但總覺得有一天會出不得了的事啊……」

「聽到是AI在管理加速世界，就更是會這麼想啊。」

黑雪公主以略帶慧黠的口氣這麼說完，改以鄭重的聲調說下去：

「剛才說的那件事……是我強烈要求加入防衛隊。當然謠和楓子阻止我，但我賴在地上哭鬧打滾，她們就答應了。」

就算後半是開玩笑，謠她們阻止過應該是事實。如果春雪在場也會阻止她。黑雪公主主張領土戰爭中不會發生超頻點數的轉移，所以9級一戰定生死規則應該也不會適用，但既然無法確定這個情報的真假，當然不會有團員會為了防衛領土，不惜讓軍團長冒上點數全失的風險。

春雪想到這裡，忽然覺得不對，歪頭問起：

「可是學姊，記得防衛方只要待在相連的領土內，無論從哪個戰區都可以參加防衛吧？不用特地去到港區，人待在杉並，不是也可以防衛港區第三戰區嗎……？」

「的確是啊。可是這次不可能。因為黑暗星雲已經放棄了長城割讓過來的澀谷第一、第二戰區。」

「咦！」

春雪忍不住喊出聲，但他也早已明白或許會變成這樣。他將一瞬間騰空的背部靠回座椅上，說道：

「這樣啊……也是啦，杉並的三個戰區，再加上澀谷也要防衛，就太吃力了啊……——請問放棄的澀一、澀二現在怎麼樣了？」

「還沒查證過，但我們事先告知過，所以應該是由長城再度占領了。畢竟本來就是他們的領土。」

「可是在這之前，是第一期黑暗星雲的領土吧？而且割讓也不是免費，都付了點數……」

「付的不是我，是Graph那傢伙。」

黑雪公主以漫不在乎的表情如此斷定，翹起了修長的腿。雙座的大型跑車放腳的空間很寬敞，即使由腿長的黑雪公主做出這種動作，膝蓋附近仍然有充足的空間。

計程車順暢地沿著山手大道往北開。遇到大型路口，就會有其他車輛以驚人的速度橫向穿越，所以就是會讓人嚇一跳，但有這麼大的交通流量，卻完全不用減速，確實是同調駕駛帶來的恩惠。儘管只有包含山手大道在內的極少數幹道實施這個制度，但能分毫不亂地統合管制多達數千輛的車輛行駛，到底是個什麼樣的系統呢——

春雪用力眨眼，將差點離題的思考拉回來。

「……順便請問一下，港三的防衛，除了學姊以外，還有哪幾位登記參加？」

春雪先不經意地問起，然後才慌張地暗自想到糟糕，這也許是黑暗星雲的機密情報，但黑雪公主顯得絲毫不在意，彎起雙手手指邊數邊回答：

「呃，有楓子、謠、晶、休可、聖實、結芽、累、綸、瀨利、Utan、Olive……吧。千百合、拓武，還有仁子和Pard也堅持一定要參加，但我請他們留下來防守杉並和練馬。」

「咦，綸同學也來了嗎？」

「喂，你最先反應的是這個點？」

被她一瞪，春雪嚇得縮起脖子。

「不，不是，這個……我是想，綸同學，不，是Ash兄、Utan和Olive他們，應該是有期限地轉來我們軍團，只到與加速研究社的戰鬥了斷為止，所以就想到他們是不是已經回長城去了……」

「離了斷還遠得很呢。」

聽她這麼一說，就覺得她說得一點兒也不錯。Black Vise的真面目就是Ivory Tower，加速研究社和白之團是表裡一體的組織，這個事實已經揭穿，但他們仍未停止策謀。Ivory Tower會出現在鄉土歷史館就是證據。

「……就是說啊，對不起。」

春雪先低頭致歉，然後在腦海中描繪出防衛團隊的陣容，緊接著背上就透出冷汗。

「倒是……這幾乎是最大戰力了吧。如果……」

春雪說到這裡，住口不說。

如果震盪宇宙展開攻擊，春雪此時也已經參加了這場「四大元素」與「七矮星」正面衝突的一大決戰，但他之所以說不下去，理由並不在此。

而是因為他差點脫口而出地說出「如果我們團進攻」。

他投靠震盪宇宙是事實，也有覺悟要做好團員該做的事，但不打算連心也交出去。他明明這麼想，但只不過在現實世界中談了幾小時，吃了對方請的蛋糕，就輕而易舉地被留住了。原來我是這麼沒有主見的人嗎——

春雪在座椅上縮起全身，頻頻發抖。

從左邊伸來的手，輕輕在他肩膀上一拍。

「來，慢慢呼吸。運動飲料也喝了吧。」

「…………是。」

春雪點點頭，用顫動的喉嚨拚命吸進空氣，然後按開一直抱著的保溫瓶。他貪婪地吞下還勉強維持冰涼的液體，長長呼出一口氣。

「……這個，不好意思，我突然這樣。」

「別在意，理由也不用告訴我。」

一聽見她平靜的說話聲，春雪就覺得兩眼溫熱。

——虧我足足三天沒聯絡，還每天都魯莽地對戰，讓妳擔心。別說妳有權生氣，有權質問我，甚至有權「處決」我。

——妳為什麼能夠對我這麼好？

春雪蓋上已經空了的保溫瓶，用右手用力擦了擦眼睛，然後說：

「——我，今天，被Snow Fairy姊找去——和若宮學姊、越賀姊一起，去了聖永恆女子學院。」

「嗯……雖然不是聽惠說，但我就猜可能是這樣。」

「雖然白之王不在，但有Fairy姊、Glacier Behemoth兄、Cypress Reaper姊，還有……Platinum Cavalier兄都在，我們在學生會室喝茶，吃起司蛋糕……之後，雖然我差點被Cavalier兄殺了，可是大家，都跟我一樣，是普通的……當然他們在加速世界強得不得了，但仍然是普通的小孩，我……我……」

春雪眼頭再度發燙，這次再也忍不住，眼淚一滴滴流了下來。

以往他一直相信，在加速世界發生的所有慘劇與悲劇，元凶都是白之王White Cosmos。認定她、加速研究社，以及震盪宇宙是純粹的惡，非得將他們從加速世界中消滅不可。

可是，第一次在現實中見到的七七子、理生、愛里，甚至就連智周，他都無法認定這些人是應該仇視的對象。他們都和春雪一樣，心中懷抱著難以承受的傷痛，成為超頻連線者，在加速世界中找到自己的一席之地，拚命想保護。既然白之王能讓七七子他們如此信賴，由衷誓言效忠……那麼就連本應是絕對惡的她，搞不好也——

「……也對。」

黑雪公主以鎮定的聲調，輕聲說：

「即使所處的立場與主義主張不同，說穿了大家都是超頻連線者。所以我不擔心你。我相信憑你，就算投靠白之團，也能好好打下去……也能繼續做你自己……」

但這時，車內播音蓋過了黑雪公主的說話聲。

「本車即將左轉進入5號都道的青梅大道，隨後將解除6級同調駕駛。」

計程車如同播音的宣告，先移到左車道，然後在中野坂上的路口左轉。

行駛了數十公尺後，控制權從ＴＣＳ交還給車輛的ＡＩ。雖然有了些微的速度變動，但車身隨即做出強而有力的加速，進入巡航狀態。

「……就快到杉並了啊。」

黑雪公主喃喃說起，春雪也輕輕點頭。

「是啊……啊，請在過了環七的地方放我下來。」

「從那裡離你家還有將近一公里吧?別客氣,反正是惠請客。」

「呃,其實,是Fairy姊請客。」

春雪這麼一說,黑雪公主先眨了眨眼睛,然後輕輕一笑:

「哈哈,是嗎?那就更不用客氣了吧?乾脆就這樣一路開上高尾山,可能也不錯啊。」

「這主意真好。」

兩人聊著這些無關緊要的話題時,計程車仍繼續順暢地行駛。離春雪住的公寓大樓,只剩短短五分鐘車程。

我還想說更多話……還有好多好多話,想說給學姊聽。

這種難以按捺的心情,驅使春雪開了口。

「這個……學姊!」

「嗯?什麼事?」

「呃……雖然學姊可能很忙,但如果不介意,要不要到我家坐坐?」

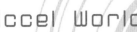

10

春雪與黑雪公主在住家大樓前下了計程車，先到大樓附設的購物中心買飲料，然後搭電梯上到二十三樓。

從他為了照顧小咕而出門，只過了八小時，感覺卻像是已經好幾天沒回家。不過早上的確沒想到這一天會發生那麼多事情啊……春雪一邊想著這些念頭，一邊開鎖，拉開門把的瞬間，小小「啊」了一聲。

「嗯……怎麼啦？」

他急忙對皺起眉頭的黑雪公主解釋：

「沒有，不是什麼大不了的事情……我宣告過每天早上十點左右和下午三點左右，差不多都會在對戰名單上，然後就想到今天下午的部分我整個翹掉了……」

他話一說完，黑雪公主的表情就從「疑惑」轉為「擔憂」。

「這件事嗎……謠也跟我說過，聽說你每天都打好幾十場對戰啊。我不會說對戰不好，可是……」

「這……這個，在這裡說話也不太好，請學姊先進來吧！」

春雪勉強截斷話題，推了黑雪公主的背一把。

春雪購物時就已經經由大樓的區域網路開了空調，所以客廳的熱氣早已一掃而空。離家時還在床上的母親已經去上班，今天應該也會到深夜才回家吧。即使春雪放暑假，兩人仍然過著相互錯過的生活，但最近不太有像以前那種被置之不理的感覺。而且母親回家晚，所以能找朋友來家裡也是事實——

「不過，每次來你家，都打掃得很乾淨啊。令堂很愛乾淨嗎？」

黑雪公主放下單肩包這麼問，春雪環顧著客廳回答：

「是，家母確實愛乾淨，不過打掃工作我也有做。」

「哦？這可讓人佩服。自己的房間也是自己掃的？」

「呃……算……算是有在掃吧……」

春雪慌張地想著T恤脫了就直接扔在床上沒收，但想來也不會被看見。他匆匆走到廚房洗手，準備好兩個放了冰塊的玻璃杯。倒好買來的萊姆風味氣泡水，插上鈦金屬吸管。

回到客廳一看，黑雪公主已經去到面向陽台的窗前，看著開始轉為暮色的天空。春雪站到她身旁，遞出放著玻璃杯的托盤。

「學姊，請用。」

「噢……謝謝。」

黑雪公主拿起一個玻璃杯，含住吸管。春雪看著她的側臉，看得出神。

房間的燈沒開，所以從窗戶射進的金色夕陽，照得她一頭絲絹般的黑髮與鋼琴黑的神經連結裝置淡淡發光。七月都快要結束了，從短袖露出的手臂卻連一點曬黑的跡象都沒有。

——我這三天來到底在忸怩什麼啊？

春雪雙手抱著托盤，在腦中自言自語。

早該……根本應該在進行特斯卡特利波卡攻略戰的當天晚上，就聯絡黑雪公主。早該相信自己敬愛的師父兼「上輩」黑雪公主，將自己的心意毫無保留地告訴她就好了。

不，現在也還不晚。得抓住惠與荅為他製造出來的這個機會，把該說的話說出來才行。

春雪想到這裡，正要開口時——

「對了，有人要我傳話給你。」

黑雪公主的嘴放開吸管，這才想起似的說了。

「咦……請……請問是誰？」

「是Graph和Lead。呃，首先Graph說……『特斯卡戰沒幫上忙，不好意思。我和Lead一起去重新修業』。」

「修……修業？」

「唔。Lead要跟你說：『我一定會變強回來。Crow兄，請你要加油。』」

「…………」

春雪先啞口無言地張大了嘴好一會兒，才問出最先令他好奇的問題。

「說要修業，是要在哪裡……？」

「說是要在無限制中立空間的富士山。畢竟Graph從以前就是無根的野草啊……把他從禁城放出來，也許是失策。」

「富……富士山……是嗎？」

春雪不由得從窗戶望向西方的天空。這個房間位於二十三樓，冬天晴朗的日子裡看得見富士山，但夏天或許是因為空氣渾濁，頂多只能看到奧多摩的群山。

「……無限制中立空間的富士山，是什麼特別的地方嗎？梅丹佐治傷的時候似乎也是去富士山，而且Sentry師父也說那裡有可以無限取酒的泉水……」

「是特別的地方這點沒錯。」

黑雪公主很乾脆地做出肯定的回答，將右手拿的玻璃杯往窗外一擺。

「東京有名的地標，在無限制中立空間裡頭，不也幾乎都設置了迷宮或是固定公敵嗎？富士山是日本最有名的地標，什麼都沒有才奇怪吧。」

「的確是這樣啊……」

連春雪今天才第一次聽到名稱的港區區立鄉土歷史館，都有著巨獸級公敵鱷鯨棲息。既然是富士山，就算有神獸級或更高階的公敵棲息也不奇怪。

會想去一次看看，卻又覺得絕對不想靠近……春雪一邊這樣想，一邊舉起自己的杯子，含住吸管。他用力一吸，氣泡的刺激感與萊姆的香氣直衝腦門，沖去了錯綜複雜的思考碎片。

他不知道自己——Silver Crow以後會變成怎樣。港區第三戰區的領土戰爭只是延期，所以下週自己也許就會擔任進攻團隊的一員，和黑暗星雲的防守團隊戰鬥。Platinum Cavalier也可能再度設下圈套。但話說回來，他也不能從脖子上拔掉神經連結裝置，閉門不出。到頭來，春雪能做的事、該做的事，就只有一件。

變強。強到能夠解決所有問題，能夠和黑雪公主一起走到他們要去的地方——BRAIN BURST的結局。

「學姊……我說啊。」

春雪的視線仍然望向晚霞，準備對黑雪公主鄭重地說出先前沒能說出口的話。

「我自作主張，轉投震盪宇宙……之後也完全沒能聯絡，真的很對不起。可是，我……」

「不要說！」

突如其來的呼喊，讓春雪嚇了一跳，少許氣泡水從玻璃杯灑出。

他將瞪大的雙眼朝右看去，發現不知不覺間，黑雪公主深深低下頭。從肩口披下的頭髮幾乎完全遮住側臉，看不出她的表情。

春雪怔怔站在原地，耳中聽見沙啞到了極點的說話聲。

「……對不起，我大聲吼你……」

春雪發現，黑雪公主捧著玻璃杯的雙手微微顫抖。

他將自己的杯子放回左手的托盤，往旁走上兩步，輕輕接過黑雪公主的杯子。先把這些放到餐桌上，然後急忙折回。

春雪的手放在仍然低著頭的黑雪公主背上，引領她走到沙發坐下後，自己也坐在她身旁。

但他不知道接下來該怎麼辦才好。雖然想道歉，但又不知道剛才的話裡，有哪裡觸動了黑雪公主的敏感神經——

「一旦你……」

忽然間，黑雪公主喃喃開口，春雪拚命仔細傾聽。

「一旦你為投靠白之團的事情道歉，我覺得，一切就會變成既成事實……我在車上說，憑你，就算投靠白之團，也能好好做下去。那不是說謊，但我非常……非常害怕事情會真的變成那樣。自從成了超頻連線者以來，我還是第一次這麼害怕失去……」

「這……請學姊不要說什麼失去！」

春雪朝黑雪公主探出上半身，拚命訴說：

「學姊什麼都沒失去！我以往，還有以後，都會一直是學姊的『下輩』。的確，也許有那麼一天，得和黑暗星雲戰鬥的時候會來臨，可是將我和學姊聯繫在一起的事物，不會因為這樣就斷掉。因為……一旦加速，要做的就只有對戰，教會我這件事的不就是黑雪公主學姊嗎！」

春雪話說完，黑雪公主仍緊閉著嘴不說話。

過了一會兒，才微微聽見幾乎不成聲的話語。

「……也對。我是你的『上輩』，你是我的『下輩』……只要我們還是超頻連線者，這件事絕不會改變。可是……正是這種關係，在我與你之間，形成了一堵看不見的牆……」

「咦……牆，是嗎？哪裡有這種東西……」

「這裡。」

黑雪公主這麼一說，抬起了一直低垂的頭。

她用指尖擦去附著在長長睫毛上的眼淚，然後手伸向春雪的臉。但又在離嘴唇約十公分的距離停下，露出淡淡的笑容。

春雪這才懂了黑雪公主想說的話。所謂的牆，指的是精神上的界線。「上下輩」就是一種「家人」，這個意識在春雪心中設下了某種限制。

六天前的週日，春雪在黑雪公主家裡和她一起洗澡。兩人當然都一絲不掛，但看見黑雪公主的裸體，雖然覺得很美，卻始終並未感受到肉體方面的慾望。

當時他緊張得要命，而且又聽黑雪公主說出她是從人造子宮誕生的機械小孩，是本來的靈魂被一個來路不明的靈魂覆寫過去的實驗體，這驚人的消息也對春雪造成了影響。

但還有另一個理由。以往春雪不曾自覺到這點，但在他心中，自己是黑雪公主「下輩」的意識不動如山地存在，形成了一堵無形的牆。

黑雪公主在九個月前，為了救眼看就要遭到汽車撞擊的春雪，動用了「物理完全超頻」指令。當時黑雪公主在只有他們兩人獨處，凍結成藍色的世界裡，正大光明對他說「我喜歡你」。春雪卻不認真承接那次表白。

為什麼自己會如此固執於「上下輩」關係？

理由他其實明白。

因為他無法相信自己。因為他一遇到討厭的事情就會跑掉，也沒有勇氣對抗霸凌，還多次傷害重要的兒時玩伴，他對這樣的自己討厭得不得了。所以，一直依賴這種由BRAIN BURST系統規定的，待起來很自在的「上下輩」關係。

可是。

就是現在。現在這一瞬間，就是他該自己打破封閉自己的厚重蛋殼的時候。

春雪卯足了從加速世界與現實世界中漸漸累積起來的所有勇氣，舉起了雙手。

九個月前，才剛當上超頻連線者時，黑雪公主對他說過的一句話在腦海中甦醒。

——這虛擬世界裡的區區兩公尺，對你來說就真的這麼遙不可及？

當時他覺得遙遠得像是無限。現在也這麼覺得。然而，那是自己的心製造出來的距離。

春雪伸出顫抖的雙手，包住了黑雪公主堅忍著一直往前伸出的右手。他將這隻冰冷的手拉近身前，用嘴唇接下附著在指尖的淚珠。

「……學姊。」

春雪灌注所有的心意，說道：

「黑雪公主學姊。我喜歡妳。不是作為超頻連線者，是作為有田春雪這個人，喜歡妳……喜歡黑羽早雪。」

近在眼前的黑水晶雙眸睜得不能再大。

淚珠再次冒出。吸收了窗外的天空送來的晚霞殘照，化為小小的星星發出光芒。兩顆星星閃閃發光地拖著尾巴流落。透亮的嘴唇微微顫動，形成了泡影般的，卻又極為真切的笑容。

黑雪公主舉起撐在沙發上的左手，放到春雪手上，以用指甲彈動絲弦般的聲音，輕聲說：

「我也是。我也喜歡你。」

兩人以交握的手為支點，慢慢將臉湊近。黑雪公主的頭髮散開，飄散出一陣甜香。蘊含了小小銀河的漆黑眼眸，無聲無息地閉上。

春雪晚了一瞬間，也閉上了眼睛。彷彿有一股看不見的力量在拉動，讓嘴唇與嘴唇相碰。

不只是溫暖、柔軟、滑順等物理上的知覺，彷彿精神互相感應，傳來大量的資訊。

黑雪公主一直懷抱在心中的悲傷、痛苦與寂寞……以及現在這一瞬間感受到的疼惜。

想讓她感受到一樣多，不，是更多的心意。春雪這樣的念頭太強烈，不由自主地讓身體往前傾斜太多。只靠四隻手支撐的姿勢失去平衡，黑雪公主在下，春雪在上，倒到了沙發上。

然而，兩人都不讓嘴唇分開，甚至還用鬆開的手，將對方擁進懷裡，尋求更強，更深的連結。隔開彼此的界線淡去、碎裂，肉體與精神漸漸合而為一。

還要。還想感受更多。

春雪圈住黑雪公主嬌小身體的雙手上，灌注了極限的力道。

不知不覺間張開的嘴裡，舌尖與舌尖相碰，甜美得彷彿不應存在於人世間的感覺貫穿全身，化為火花，點燃了神經系統。

眼瞼底下的黑暗中，誕生了彩虹色的光。這些光芒化為搖動的放射光，掩蓋過一切——

「啪————！」一聲清脆的衝擊聲中，春雪的意識化為無數碎片飛散。

「嗚哇……這……這是怎樣？」

等到聽見黑雪公主的驚呼，春雪也已經跳起。

他睜大雙眼，環顧四周。

光線很暗。暗得連天花板與地板都看不見。難道說，不知不覺間已經到了深夜？就算是這樣，高圓寺的路燈應該也會從窗戶照進來……

「喂……喂，春雪。」

聽到她從背後呼喊自己，春雪急忙轉過身去。

站在那兒的是黑雪公主——這是沒錯，但無論長長的頭髮、修長的手臂，還是一絲不掛的苗條身體，全都是白色的光之粒子形成。春雪趕緊低頭一看，發現自己的身體也是一樣。而在遙遠的下方，則有遼闊的銀河靜靜地發光。

「咦……這裡是，Highest Level……？」

春雪喃喃一說，黑雪公主也聳著肩膀表示肯定。

「看來是這樣啊……可是，為什麼我們會突然轉移過來？」

「呃……」

春雪再次查看前後左右。然而無邊無際的遼闊黑暗中，除了他們兩人以外，一個人都沒有。看來並不是被梅丹佐或其他Being強制轉移過來。這麼說來——

「……搞不好，是我把學姊給帶來了……」

「啥……？可是春雪，我們可沒加速也沒直連啊。」

「就……就是說啊。可是，那個感覺只能這樣解釋……」

「…………」

黑雪公主啞口無言了好一會兒，才緩緩搖頭。

「這可真是……這也就表示，每次我和你接吻，就會被傳到這個地方來？」

「接……接吻……」

——沒錯，我，和學姊接吻了。

春雪重新認知到這個事實，不知道該如何反應才好，當場當機。緊接著黑雪公主就伸出右手，作勢要往春雪左肩一戳。

「喂，明明是你主動親的，不要到現在才害羞。這樣豈不是連我都要跟著害羞了？」

「咦，是……是我主動的嗎？」

「是吧，怎麼想都是。」

黑雪公主有點衝地撇開臉，俯瞰眼底的一整片星海，放鬆語氣說下去：

「也好……我喜歡這裡，所以你帶我來這裡，這件事我本身倒是沒有要抱怨。可是……之前我們兩個人都是對戰虛擬角色，這次卻是以人身出現，而且還全身光溜溜的，這到底是什麼機制？」

「這……我也是第一次用這樣的模樣轉移過來……」

春雪這才一邊為時已晚的遮住身體前面，一邊回答，腦子裡卻想到「不對」。記得一次在Highest Level與梅丹佐連結時，對戰虛擬角色就像外殼似的剝落，變化成了人體的模樣。這當中也許就有著提示，但他覺得現在提到梅丹佐的名字，會有各式各樣的危險。

「……不……不管怎麼說，我們差不多該回去了吧。」

春雪不由得放低音量這麼催促，但黑雪公主踏上一步說：

「哪怕是無意間轉移過來，難得不耗用超頻點數就來到這裡，我們就多逛逛吧。畢竟在現實世界，根本沒有機會能從這個高度悠哉地眺望東京啊。」

「……好的。」

春雪點點頭，跟著放低了視線。

這陣子頻繁地來到Highest Level，讓他有點習慣了，但這裡本來是無論多麼強烈渴望都無法抵達的，奇蹟般的地方……一想到這裡的瞬間，卡在腦海中某個角落的疑問也找到了答案。

Snow Fairy說過「如果算得寬鬆點，Crow甚至還是第3階的『到達者』呢」這麼一句話。那意思肯定就是指「能夠到達Highest Level的人」。雖然只是推測，但第1階多半是靠Being引導而去到的人；第2階是和Being遠距感應而能夠轉移過來的人。至於第3階，則是能夠自己轉移過來的人——

扣掉這次突發性的轉移不算，春雪成功憑自己的力量來到這裡，就只有三次。第一次是在無限制中立空間砍著虛擬的鋼球幾千次才轉移，第二次是在謠的兄長Mirror Masker的幫助下轉移。至於第三次，是處在同伴們在眼前遭到覺醒的特斯卡特利波卡蹂躪的極限狀況下轉移。所以，Fairy會加上「算得寬鬆點」這樣的註腳，也是理所當然。

沒有人可以保證還有第四次，而且就如黑雪公主所說，浪費這個機會就太可惜了。春雪改變了心意，凝神觀看星塵之海。

他立刻找到了要找的東西。那彷彿要吞沒一切的漆黑漩渦——然而……

「……奇……奇怪？」

黑雪公主對春雪的喃喃自語有了反應。

「嗯，怎麼啦？」

「沒有……那裡，看得見特斯卡特利波卡的標記吧？」

「當然。我也正在看……是在上野公園那一帶吧。」

黑雪公主點點頭，春雪就把伸出的右手微微往左偏。

「距離特斯卡一公里左右的地方，有很多小小的標記聚集在一起，學姊看得出來嗎……？」

「唔……是真的。那是超頻連線者嗎？」

「跟公共攝影機的白色標記顏色不太一樣，所以應該是公敵或超頻連線者。但公敵幾乎不會群聚行動，應該是超頻連線者吧。他們那麼靠近特斯卡特利波卡，不知道是在做什麼……」

春雪說得有一半像是自言自語。特斯卡特利波卡的基本探敵範圍大約是一公里。也就是說，只要再靠近一點，他們就會被末日神盯上，若不是「七矮星」級的高手，就會被瞬殺。

「那是哪裡的誰，連你也看不出來嗎？」

聽黑雪公主問起，春雪搖了搖頭。

「如果是我很熟悉的超頻連線者，也有可能靠著色澤和給人的感覺來判別啦……」

「也不是震盪宇宙那些人對吧？」

「至少不是『七矮星』。」

「唔……就不知道是愈怕愈想看的圍觀群眾，還是說……」

就在黑雪公主指尖抵住下巴的這個時候。

「那是『Exercitrus』的偵察部隊。」

頭上傳來有人說話的聲音，春雪裝了彈簧似的猛一抬頭。

一個籠罩在燐光中的輪廓，從一顆星星也沒有的穹頂，無聲無息地飄落。

這個輪廓微微張開修長的手臂，讓一頭長髮甩開的模樣，看上去是個活生生的女性。春雪一瞬間以為是Being，但對方似乎和春雪他們一樣，身上並未穿戴衣服或裝飾。

「……難道是……」

黑雪公主發出沙啞的驚呼聲，幾乎就在同時。

「咦……該不會是……」

春雪也深深倒抽一口氣。這彷彿要讓萬物臣服的超然氣場，這種聲息，這種存在感是——

「……白之王……？」

說出這個名字一秒鐘後，來人嬌小的腳尖，碰到了隱形的地面。

像翅膀一樣張開的頭髮順暢地收攏。微微前傾的嬌小身軀，輕飄飄地站直。

春雪茫然地注視著對方露出的臉孔。

即使在沒有色彩的世界，也絲毫無損她那天仙般的美貌。若不是有著少許的似曾相識感，也許自己還是會認為她是Being。她的臉孔和黑雪公主有幾分神似，但沒有黑雪公主那種不帶一丁點黯淡的，像是研磨得極為銳利的霜刃會有的凜冽，而是蘊含著一股像是完美鑽石般絕對的清澈。

春雪腦子發麻，什麼也沒辦法思考，身旁的黑雪公主則發出了鎮定但又緊繃到極限的說話聲。

「好久不見了，Cosmos——不，苑珠。」

白之王聽她叫到自己，露出充滿慈愛的笑容回答：

「真的呢。妳看起來很有精神，真是太好了，早雪。」

聽到她們的對話，春雪總算找回了一半的思考速度，就想針對苑珠這個名字問起。但白之王似乎猜到春雪的心思，視線朝向他，再度露出微笑：

「這麼說來，我還沒告訴你我的本名呢。我是黑羽苑珠，請多指教了，有田春雪。」

「請……請多多指教。」

春雪先反射性地低頭行禮，然後才拚命轉動思考。

在現實世界中不曾見過的白之王知道春雪本名的理由，現在根本不重要。問題是，她為什麼會出現在這個地方。

過去曾以同樣的方式出現的Snow Fairy，就曾經試圖切斷春雪與梅丹佐的連結，更曾讓春雪陷入虛擬的窒息狀態。Fairy辦得到的事，白之王沒有理由辦不到。如果他和黑雪公主兩人同

時挨到那種窒息攻擊，有田家沒有其他人在，也並未設定限時斷線安全裝置，所以將會在這靜止的世界裡，承受無異於無限漫長的痛苦。

應該和黑雪公主一起超頻登出嗎？可是這樣一來，就無法得知先前她所說的「Exercitus」這個字眼的意思。

春雪的躊躇彷彿全都被一覽無遺地看穿。

「不要那麼怕我嘛。你們是我可愛的『下輩』和『下下輩』，我才不會沒來由地折磨你們呢。」

白之王——黑羽苑珠以甜美又溫和的聲調這麼宣告，輕飄飄地轉身，背對春雪等人。

她雙手在身後交疊，走上一步、兩步，俯瞰在那白色銀河的一角翻騰的黑洞。

「……Cosmos姊，請問一下。」

春雪耐不住性子，下定決心叫了她一聲。

「剛才說的『Exercitus』是……？」

「就是『軍隊』的拉丁語。」

回答他的是黑雪公主。

白之王也不轉身，點了點頭，加上幾句解釋：

「如果要解釋得更清楚，就是古代羅馬軍軍團（Legio）的更高階版。由多個大隊（Cohors）組成軍團，多個軍團組成軍隊（Exercitus）。如果是按照這個脈絡，這命名的確給人相當英勇的感覺呢。」

「……也就是說，在加速世界裡，組成了多個軍團的聯軍，是嗎……？」

「就是這麼回事。正式發足似乎是在今天中午左右，所以也難怪你們不知道。」

她說到這裡，先頓了頓，然後才想起似的加上幾句：

「噢，雖然說是聯軍，但諸王的軍團沒有參與。構成核心的是『Nightowls』、『Ovest』、『Coldbrew』這些有力的中階軍團，另外還有一大堆小規模軍團和獨行玩家參加。」

「一大堆？」

聽黑雪公主問起，白之王也微微歪頭。

「我也不是完全掌握清楚，不過成員總數似乎超過五百人。」

「五百！」

春雪太震驚，忍不住大聲叫了出來。

據說現居東京的超頻連線者約有一千人。五百人這個數字高達一半。明顯比七大軍團所有團員加起來還多。

「為……為什麼會突然，組成那麼大的集團……」

「倒也不是突然。提倡組成聯盟來對抗諸王軍團的動向，是從相當久以前就有的。可是每當時機漸漸成熟，就發生災禍之鎧到處肆虐，又或者是ＩＳＳ套件到處流通等等的問題，這些年來總是出師不利。」

「……在後面穿針引線的就是妳吧，Cosmos。」

黑雪公主以冰冷凍結的聲音指出這點。

這是當然。白之王不止製造出讓春雪變成第六代Chrome Disaster、讓拓五與綸受到ＩＳＳ套件寄生等危難的原因，還為了用「還魂」能力支配初代紅之王，唆使黑雪公主以突襲方式打得他點數全失。

但白之王彷彿完全不認為自己的行為有罪，若無其事地點點頭。

「是啊。這次也是出現了特斯卡特利波卡這個浩劫。如果那玩意兒仍處在『The Luminary』的控制下，中階軍團那些孩子們就會害怕被盯上，中止聯盟計畫的可能性很高。但擺脫了支配的特斯卡特利波卡強得無與倫比，行動模式卻很單純，反而加快了締結聯盟的動向吧。」

春雪花了幾秒鐘細細咀嚼她這番話之後，小聲問起：

「怎麼聽起來……妳似乎不期望超頻連線者們團結一致……」

他問這句話，是先有了會惹她不高興的覺悟，但白之王開心地流露出「呵呵」幾聲笑聲。

「說穿了就是你說的這樣。促進團結這件事有Grandee做，所以我就努力讓大家不團結嘍。」

Grandee指的就是長城的首領──綠之王Green Grandee。的確，他將獵公敵賺來的超頻點數不著痕跡地分配給低階軍團，透過這樣的手法防止加速世界的抗爭激化，避免退場者增加。

春雪實在學不來，但是如果沒有綠之王的這份努力，相信超頻連線者的人數會比現在少得多。甚至BRAIN BURST本身也可能早就已經迎來了末日。白之王明明也不期望這件事發生，為什麼──

當他思考到這裡時，腦中迴響起白之王過去曾說過的話語。春雪在無意識中把它轉變為口說的言語：

「Accel Assault 2038充滿過剩的鬥爭，Cosmos Corrupt 2040則充滿了過剩的融合，所以才會毀滅……」

「一點兒也不錯。」

「那麼，妳要說，妳的所作所為，全都是為了不讓這BRAIN BURST 2039產生『過剩的融合』……妳是這個意思嗎！」

春雪半呼喊地質問。

白之王輕輕聳了聳她那人偶般嬌小的肩膀。

「我不否認，但絕對不是只為了這個原因。之前在你們的學校提起這件事時，就被早雪罵了，對吧。她叫我不要用那種胡鬧的說法，來正當化自己的所作所為。」

春雪將視線從嘻嘻笑的白之王背影，移到身旁的黑雪公主身上。

但令他意外的是，黑之王側臉上的表情十分鎮定。她動起嘴唇，發出平靜的說話聲。

「Cosmos……苑珠。在這裡質問妳的目的也沒有意義。因為無論妳說什麼，都沒有任何東西可以保證妳說的話是真的……可是，有一句話我要說在前面。」

黑雪公主在正視姊姊背影的雙眸中蘊含淒厲的目光，做出宣告：

「我一定會把妳和加速研究社，從這個世界中除掉。哪怕結果會導致所謂『過剩的融合』之類的原因，讓BRAIN BURST瓦解。」

「…………」

即使聽了妹妹兼「下輩」這番苛烈的話，白之王的背影仍然一動也不動。

忽然間，她微微翻起一頭比黑雪公主長了點的頭髮，轉過身來。無垢的美麗臉龐，露出聖女般的微笑——

「妳辦得到嗎？即使我和妳對峙的未來來臨，說不定到時候春雪不是站在妳那邊，而是我這邊喔？」

「…………！」

春雪尖銳地倒抽一口氣。

他想否定。想呼喊這不可能。

然而，春雪如今已是將劍獻給白之王的震盪宇宙的團員。一旦接到命令要他這麼做，他就非得為了保護白之王而與黑雪公主戰鬥不可。不是因為害怕「處決攻擊」。而是如果他不想讓自己的劍染上虛偽的色彩，就只能這麼做。

春雪低頭站著不動。

黑雪公主強而有力地握住了他的右手。

「那也一樣，苑珠。那也一樣。」

白之王聽了她堅毅的話語，對黑雪公主露出甚至顯得憐愛的眼神，輕聲說道：

「妳真的變堅強了呢，早雪。之前我也說過，我很期待妳擋在我去路上的那一刻。」

她輕飄飄地退開一步——

「那，我差不多要走了。噢，對了……你們兩個，感情好是好事，但要遵守學生該有的節度喔。」

「這……不……不用妳管！」

白之王看著黑雪公主氣憤的模樣，開心地「啊哈哈哈」笑了幾聲，然後以優美的動作壓低身體，蹬著隱形的地面即將起飛之際。

「啊……對……對了，請等一下！」

白之王被春雪叫住，只輕輕一跳，又回到了同一平面。

「什麼事呀？Exercitus的事，我知道的已經全都告訴你了喔。」

「不是，我要問的不是這個，是特斯卡特利波卡。苑珠姊，是妳指示梅丹佐去觀察那傢伙對吧？那報告妳收到了嗎？」

他這麼一問，白之王就再度聳了聳肩膀。

「不，還沒……咦咦，所以那孩子跳過我這個軍團長，先跟你報告了？」

竟然稱活了八千年的最高階Being為「那孩子」……春雪戰慄之餘，又頻頻搖頭。

「不……不是，不是這樣的，我們是剛好遇到……」

——製造出原因的是你們家的Cavalier兄就是了！

春雪先吞下這句抱怨，繼續說道：

「呃，觀察特斯卡特利波卡這個工作，梅丹佐是和天照……還有鉢里小姐……不對，我是說和一位叫做『巫祖公主鉢里』的Being合力進行，然後鉢里小姐說了奇怪的話。」

「鉢里……」

白之王一瞬間睫毛低垂，喃喃自語，但隨即抬起頭。

「什麼奇怪的話？」

「她說，特斯卡特利波卡不是Being……」

「「啥？」」

白之王與黑雪公主異口同聲地發出這麼一聲疑問。

「春雪，這是什麼意思？所謂Being，不就是公敵嗎？我倒是覺得再也沒有哪個公敵像那傢伙這麼適合稱之為公敵了。」

「是……我也想到一樣的事情，可是鉢里小姐說，特斯卡特利波卡的內側有著傳送門，還說那才是那傢伙的本質……」

「傳送門……？」

就在黑雪公主狐疑地皺起眉頭時。

「…………怎麼回事？」

聽見這小小的說話聲，春雪把臉朝向左方。

白之王以左手撐著右手肘，右手按在嘴上的姿勢，深深低著頭。

「上一個特斯卡特利波卡，裡頭根本沒有什麼傳送門。雖然我也不是查證過……但世界封閉的瞬間，也沒出現那種東西……」

春雪聽不懂她這幾句話的意思，張大了嘴。

不——他隱約覺得以前白之王也說過類似的話。

記得是在特斯卡特利波卡擺脫The Luminary的支配而失控時。白之王就說過，所有超頻連線者當中，也許就只有我能夠再次讓他停下動作。還說理由是因為很久以前被那傢伙吃掉過。

白之王以前曾被「上一個特斯卡特利波卡」吞食而死？既然如此，特斯卡特利波卡這次出現在加速世界，並不是第一次？但如果有過這麼重大的事件，照理說老資格的玩家絕對知道。

正當春雪被無數的疑問弄得暈頭轉向，連聲音也發不出來時。

白之王突然抬起頭，從正面看著春雪。

「Silver Crow，我以你主子的身分下令。請你盡快也去接觸其他幾個最高階Being，如果能夠，和他們也訂立契約(連結)。」

「好……好的……可是，我除了目前見過的三位Being以外，連他們在哪裡都不知道。」

「你所說的三位，是大天使梅丹佐，大日靈天照、巫祖公主鉢里是吧？」

「是……是的。」

「那麼，剩下四隻……曉光姬烏莎斯、太靈后西王母、暴風王樓陀羅，以及夜之女神倪克斯。烏莎斯的居城在新宿都廳地下迷宮，西王母在東京巨蛋地下迷宮，樓陀羅在東京Big Sight地下迷宮，倪克斯在代代木公園地下大迷宮，但代代木現在遭到封印，所以延後也沒關係。」

「好的……不，可是，都廳地下還有巨蛋地下之類的，說穿了不就是四大迷宮嗎！請問我要一個人突破這些迷宮嗎？我一定途中就會死掉啦！」

春雪雙手在胸前交叉，拚命抗辯，白之王右手輕輕往旁一揮。

「我會先跟Fairy交代，你就從包括七矮星在內的震盪宇宙團員裡，挑選需要的成員來組成攻略部隊。有需要聯絡的時候也經由Fairy聯絡。拜託你了。」

白之王以幾乎是先前兩倍的速度說完這番話，就要再度起跳。這次換黑雪公主叫住了她。

「苑珠，等一下！春雪現在的確是妳的部下，但下令進行這種重大作戰，至少也說明一下目的吧！」

「如果能夠，我早就說明了。現在我只能說是直覺……早雪，如果擔心春雪，妳也可以去幫忙。那我走了！」

這次白之王終於奮力蹬地而起，以驚人的速度不斷上升，轉眼間就融入無限的黑暗當中，再也看不見了。

春雪仍茫然仰頭看著，聽見黑雪公主自言自語，才回過神來。

「搞什麼啊，真是的……」

「真的是不知道在搞什麼啊……」

兩人對看一眼，同時深深嘆了一口氣。

眼前是沒被施加窒息攻擊，但相對的，卻被指派了艱辛的任務。

要去攻略包括四大迷宮其中之二的三處地下迷宮，還要擊破其中作為最終頭目的最高階Being第一型態，讓本體出現。跟極盡難相處之能事的他們締結友好關係，建立連結。就算

Snow Fairy他們會幫忙，他根本無從想像包括準備工作在內，一共要花上多少天。

「……說要盡快，不知道是要多快說……」

春雪喃喃說完，黑雪公主先嘆了一口氣，然後回答：

「既然苑珠……不，既然Cosmos說要盡快，意思就是要分秒必爭。可是這次，她都說要編成部隊啊……如果要挑戰四大迷宮，至少也會想湊出三隊共十八人，而且要評估這個人數的戰力來排行程，一般都得花上一個晚上。這是你展現指揮力和協調能力的機會了吧。」

「我……我才沒有那種能力啦……」

春雪頻頻搖頭，黑雪公主拍了拍他的肩膀說：

「也好，能依靠Fairy或Behemoth的地方就儘管去依賴他們。之前被他們弄得那麼辛苦，你就儘管狠狠使喚他們來報復吧。」

「……好……好的。」

「那麼，我們也回去吧……倒是要怎麼做才能回去啊？」

「基本上是用想像的，像這樣，啪的一聲……」

春雪判斷用口頭說明實在有困難，於是伸出了右手。黑雪公主一牽起他的手，他就在腦海中念誦。

——超頻登出。

11

春雪回到現實世界後，一時間還無法掌握自己所處的狀況，閉著眼睛僵在原地。

灌進神經系統的大量資訊——甜美的香氣、溫暖、柔嫩，以及碰在嘴唇上的柔軟。春雪勉力處理完這些資訊的結果，就是總算想起自己在和黑雪公主接吻，應該說，現在正在接吻。

他立刻就想全力往後跳開，但驚險地發現如果在這個姿勢下這麼做，就會把全身體重都壓在黑雪公主身上。他一邊拚命控制笨重的血肉之軀，一邊慢慢地，慢慢地拉起上身——

先拉起身體三十公分左右，才總算睜開眼睛一看，發現黑雪公主的一雙大眼睛，已經在直視春雪。

經過一陣沉默，櫻花色的嘴唇微微綻開。

「唔~……就連我也沒能料到，血肉之軀的初吻進行到一半，竟然會被送到Highest Level啊……」

「這……這個，怎麼說，不好意思……」

「沒什麼好道歉的。而且既然這樣，應該一輩子都不會忘記了吧。」

黑雪公主輕聲說完，身體微微往後滑動。她抓住春雪伸出的手，站了起來。

接著她轉身九十度，把雙腳從沙發放下，整了整微微亂掉的頭髮與連衣裙的衣襬，輕輕舒一口氣。春雪不由得看著她的這些舉止看得出神，接著才趕緊說：

「這個，我去拿飲料來！喝茶可以嗎？」

春雪在新的玻璃杯裡放了冰塊，倒進冰涼的綠茶，回到客廳一看，黑雪公主深深坐在沙發上，微微搖動身體，在想事情。

春雪不想打擾她思考，將托盤輕輕放到矮桌上，將杯墊與裝了茶的玻璃杯疊好，放在黑雪公主身前。

黑雪公主在幾秒鐘後察覺，輕聲說了句：「謝謝，我不客氣了。」拿起玻璃杯，含了一口喝下後說道：

「……特斯卡特利波卡體內的傳送門……不知道是通往什麼地方啊……」

「是啊……」

春雪在黑雪公主身旁坐下，說出了他也一直在想的這件事。

「如果根據遊戲的理論，打倒特斯卡特利波卡後，應該就可以使用裡面的傳送門，可是……說到挑戰比四神更強的公敵，加速世界裡有值得冒這種風險的地方存在嗎……」

黑雪公主聽了，似乎發現了什麼，發出「嗯……」一聲小小的聲音。

「往這個方向推論，傳送門的出口就在禁城裡面吧？例如打倒特斯卡特利波卡，就可以跳過四神，隨時都能夠進入禁城內部？」

「啊……啊啊……說得也是……的確，如果是這樣，風險和好處也許還勉強配得上……」

兩人對看一眼，同時嘆了一口氣。

「……現況下這些都是痴人說夢就是了。我腦子裡連一絲打得倒那傢伙的想像都不會湧起。」

聽黑雪公主這麼說，春雪也點點頭。

「我也是……可是，我有點好奇的是……剛才苑珠姊，不，我是說白之王說過的E……Exer……」

「『Exercitus』。」

「就……就是這個。這個Exercitus會這樣派偵察隊緊跟特斯卡特利波卡，該不會是在計劃攻略那傢伙……？」

「我很想說怎麼可能，不過誰知道呢？如果成員真的多達五百人，能進無限制空間的4級以上玩家應該也超過半數，會擬定這樣的計畫，也沒什麼好不可思議的。」

黑雪公主說完，又喝了一口冷泡茶。

春雪也覺得口渴，咕嘟咕嘟地從自己的杯子大口喝水。他先把滾進嘴裡的冰塊喀啦作響地咬碎，然後深深呼出一口氣。

「……基本上，我很欣賞。」

忽然間黑雪公主這麼說，於是春雪轉頭往左看去。

「咦，欣賞什麼？」

「欣賞Exercitus。長年來，加速世界都在六大軍團的支配下停滯。我在去年秋天讓黑暗星雲復活時，就充滿雄心壯志，想推翻這種狀況，但別說拿下純色之王的首級，結果還只是讓六大軍團體制變成了七大軍團體制啊……」

「這沒辦法啊。今天一月發生了第五代Chrome Disaster事件，四月以後就一直在和加速研究社打。」

「也是啦。不管怎麼說……如果中小軍團為了打倒製造出這種停滯狀況的七大軍團，組成了大同盟，今後加速世界應該會有很大的變動。而且會有一股連苑珠也控制不了的急流湧向我們，想把我們沖走。我還真有點期待這情形啊……」

黑雪公主最後半是自言自語地說完，把杯子舉到眼睛的高度，搖響了冰塊。

春雪注視著她這像是在對挑戰她的人送上祝福的舉止，胸口又是一陣疼痛。

即使Exercitus旗下的軍團進攻杉並戰區，春雪也無法和黑雪公主、千百合與拓武等人一起對抗。豈止無法並肩作戰，到了下週六，他還會加入進攻團隊，目的是從黑暗星雲手下搶回港區第三戰區。

乾脆Exercitus跑來進攻杉並區和港區，讓震盪宇宙與黑暗星雲的對抗變得不了了之……春雪先不由自主地想到這樣的念頭，隨即用力搖頭，揮開這些想法。

「春雪，你怎麼啦？」

聽她以溫和的聲音問起，春雪再度搖搖頭。

「沒有，什麼事都沒有……倒是，呃，苑珠這個名字好稀奇啊。」

春雪自己都覺得這個轉換話題的方式太牽強，但黑雪公主微笑著點了點頭。

「的確，我的早雪這個名字很常見，所以你更會有這種感覺吧。」

「不……不會啊！學姊的名字，我很喜歡！」

「呵呵，謝謝你。現在我也很中意，而且跟你的名字有一個字共通。」

黑雪公主笑瞇瞇地這麼說，然後讓眼眸中淡淡的光芒搖曳，繼續說下去：

「——其實，姊姊和我的名字有由來。我之前有說過吧，說我母親是神邑公司創業家出身。」

「是啊……」

「神邑家從以前就有個奇妙的規矩。對於出生在神邑本家的女孩，會取木本植物由來的名字；對出生在分家的女孩，則會取個草本植物由來的名字。母親是出身神邑本家，但嫁到分家的黑羽家，所以如果生下的小孩是女生，就會被取個草本植物由來的名字。我的早雪這個名字，就是從一種叫做『Early Snow』的萱草屬植物取的。」

「萱草屬……」

春雪喃喃複頌，黑雪公主就讓手指在空中劃過，把檔案送往春雪的虛擬桌面。點開來一看，是一張照片，拍到的是張開雪白花瓣，模樣很惹人憐愛的草花。春雪看得出神良久，這才戰戰兢兢地說：

「……好漂亮，好討人喜歡的花。這個……跟學姊很搭。」

「呵呵，謝謝你。然後這張是姊姊名字由來的植物。」

春雪點開她在傳過來的圖檔。這張照片拍到的，也是雪白的花，然而開出這些花朵的，是一棵枝葉生長得很開的大樹。

「咦……這不是草，是樹耶。」

「嗯，這就是讀音和苑珠一樣的樹。漢字是木字邊一個鬼字的槐。長大後會高達二十公尺，是不折不扣的木本植物。」

「可……可是……為什麼只有姊姊……」

「誰知道呢……我知道了神邑家的規矩時，也曾經覺得很不可思議，不懂為什麼自己是草的名字，姊姊卻是取了樹的名字，但只有這件事，我莫名地對姊姊和家母都問不出口……」

黑雪公主以看著遠方的眼神這麼說，春雪想對她說些什麼，但不知道該怎麼說才好。他轉而伸出左手，遲疑了好幾次之後，摸了摸黑雪公主的背。

「……你變堅強了呢，春雪。」

「咦……我……我自己是一點也不這麼覺得啦……」

「你要多點自信。你不是成了我男朋友嗎？」

「………………」

不不不，不敢當！春雪差點就喊出這句話，但勉強忍了下來。既然都表白說喜歡她，甚至還和她接吻，比照社會常規，這正是交往——建立男女朋友的關係。

「這個……還……還請多多指教。」

春雪勉強說出這樣一句話，黑雪公主就不由得「呵呵」笑了幾聲，然後清了清嗓子，補充說：

「沒有，不好意思。我才要請你多多指教。可是，既然要跟我交往，你可就有一個任務得要完成了。」

「咦？是……是在加速世界嗎？」

「不，是在現實世界。」

黑雪公主撐起靠在春雪左肩上的身體，從正對面照射微微瞪視似的視線。

「我說啊，春雪。就我看來，綸、仁子、千百合這三個人，是有自覺地喜歡你。而楓子、謠、休可這幾個多半沒有自覺，但也非常可疑。噢，還有梅丹佐也是……Lead算不算呢……」

「咦啊！」

春雪這次終於忍不住發出驚奇的叫聲，先把裝了冷泡茶的杯子放回杯墊上，然後雙手連連搖動。

「綸……綸同學的確，這個，對我說過表白的話，可是仁子還是老樣子，小百最近根本不和我說話，楓子師父、四埜宮學妹和休可她們也完全沒有這種感覺，梅丹佐是Being，Lead根本是男生……」

「管他是男生還是ＡＩ，都一樣有權喜歡你吧。你可非得好好面對大家的心意，對每個人說出你的答案不可啊。」

「呃……………是…………」

黑雪公主說的話對極了，春雪也只能點頭。

至少，對於用言語向他表明心意的日下部綸，非得好好做出回答不可。

「……我明白了。我明天會聯絡日下部同學。」

春雪這麼一說，黑雪公主把玻璃杯換到左手，輕輕拍了拍春雪右肩。

「加油啊。不好意思像是在催你，但這種事情愈拖延，就會愈艱難啊。」

「……是。」

春許再度點頭，黑雪公主對他投以鼓勵的微笑，站了起來。

「那麼，我差不多要失陪了。畢竟我不能聽你和Fairy商量各種事情啊。」

「說得……也是呢。」

春雪揮開寂寞，也從沙發上站起。

今天真的是很漫長的一天，但還有很多事情要做。不只是白之王命他編成部隊這件事要處理，也想和仁子與謠聯絡，問清楚小咕的狀況，而且也得和玲那談談學生會幹部選舉的事情才行，暑假作業也得做一做。而且Exercitus的動向也讓他很在意。

今天份的作業就開加速解決吧。春雪一邊這麼想，一邊走向玄關，送黑雪公主離開。

12

小規模軍團「Gallant Hawks」麾下的等級6超頻連線者Zerkova Verger，雙手牢牢環抱在胸前，想藉此按捺急切的心。

聳立在無限制中立空間東池袋戰區的超高層大樓豐島Ecomusee Town的屋頂上，被和他一樣在此待命的超過一百名超頻連線者擠得水洩不通。位於東北方約三百公尺的Sunshine 60，以及附近的其他高層大樓屋頂，也是一樣的情形。

短短一小時就聚集到這麼多人的事實，展現出了眾人對才剛起步的軍團聯軍Exercitus的期待之高。第一次聽到這個拉丁語中意味著「軍隊」的字眼時，也不是不覺得「挺裝模作樣啊」，但來到這個地方一看，這樣的抗拒也消失了。

因為Exercitus的核心成員們，敢於突然執行這種重大得無以復加的大規模作戰，而且漸漸趨於成功。

從高度一百八十九公尺的Ecomusee Town一覽無遺的東池袋街景，放眼望去全都被蔚藍的水淹沒。從水面突出的，就只有Sunshine 60及其附近公寓大樓等高度超過一百公尺的超高層大樓。原因很簡單，因為七月二十七日下午七點的現在，無限制中立空間的屬性是「大海」。

當然了，這三百名以上的超頻連線者，並不是為了參觀稀有的「大海」而聚集在此。

所有人都吞著口水看去的方向上，有一塊水面半徑達兩百公尺左右的水域凍得雪白，巨大的人型公敵就被困在正中央。

這個胸口以下都困在冰層中的大巨人，正是這三天來，讓加速世界陷入壓倒性恐慌的超級公敵——末日神特斯卡特利波卡。

Exercitus這個組織，原本就是在不依靠七大軍團而打倒特斯卡特利波卡的目的下結成，但聽說到實際製造出這個狀況為止，核心成員費盡千辛萬苦。

只要稍稍沒抓準距離就保證被瞬殺的偵察任務，在內部時間持續進行了累計一年以上，同時還一再評估攻略方式。派遣遠征部隊到遠超過特斯卡特利波卡反應圈的名古屋市，賺取作戰所需的點數——當初「Coldbrew」、「Ovest」、「豪炎」、「Nightowls」等中階軍團呼籲組成Exercitus時，Zelkova還懷疑這些軍團是否只是想取代七大軍團的地位，但看到他們努力做到這個地步，就不能不予以肯定。

他們幾乎用掉了在名古屋獵公敵存下的所有點數，先在「商店」購買大量的「求雨娃娃（Rain Maker）」道具，然後使用這些道具來提升水屬性空間的出現機率，並在緊接著來臨的變遷中，抽中了「大海」屬性。

接著，他們先在東池袋的這個地點設置了多重機關，然後在這些地方攻擊小獸級公敵，引來了特斯卡特利波卡。

特斯卡特利波卡以噴射方式飛來，讓水深八十公尺的海水淹沒到胸口高度的瞬間，引爆事先沉入水中的無數冰炸彈，再讓二十名以上具有凍結能力的超頻連線者一起攻擊，讓大量海水結冰，終於成功地困住了巨人。

特斯卡特利波卡被厚實的冰牢籠困住，不時會左右轉動那巨岩般的頭，但沒有能夠脫身的跡象。布署在巨人側面與後方的冰攻擊手，仍毫不間斷地發出藍白色的光線、凍結彈與雪暴，強化牢籠。

「……不知道會不會順利成功……」

在身旁觀望戰況的嬌小超頻連線者，不安地喃喃自語，所以Zerkova Verger特意用輕佻的口吻回答：

「安啦。都進行到這一步，已經確定會贏了吧。」

「嗯……」

這個微微點頭的女性型角色，名叫「Taupe Cape」。是把BRAIN BURST程式給予Zelkova的「上輩」，但在現實世界中則是就讀同一間國中，小他一年的學妹。Zelkova平常都會為了營造角色形象，用敬語說話，但和Taupe Cape說話時，就是說什麼也會變回平常的語氣。

Taupe Cape的「上輩」是Gallant Hawks的前團長，去年由於多種不幸的巧合，導致他陷入無限EK，點數全失而退場。之後Taupe就一直鬱鬱寡歡，Zelkova想設法鼓勵她，但一直不順利。例如今晚，他就硬把不情願的Taupe拉去，一起遠征到隔壁的杉並戰區，讓她看著自己打贏引發特斯卡特利波卡事件的「叛徒」Silver Crow的場面，結果反而遭到擊敗。

加速世界裡偶爾就是會出現那樣的傢伙。幸運地抽到稀有的顏色和特殊能力，順利混進大軍團，沒歷經過多少辛苦就出人頭地。大軍團在點數上很充裕，所以能靠著強化商店、強化外裝等手段輕鬆培訓新進團員，而且資訊上也有優勢。Zelkova最近才剛學會的「圓錐破敵鑽」會被抓住弱點——發動中無法移動，以及被敵人跳到正上方，自己就會挨到長槍的攻擊——而反將一軍，一定是Silver Crow事先買了Zelkova的情報，又或者是老手同伴把攻略法告訴了他。

可是，加速世界的狀況將在今天改變。

無謂地去招惹本來只要不靠近就幾乎無害的太陽神印堤，從裡頭拉出了特斯卡特利波卡的，是七大軍團。

只要Exercitus擊破特斯卡特利波卡，以往橫行霸道的純色諸王也將權威掃地。既可要求他們付出天文數字的點數作為賠償金，甚至要求他們放棄所有領土多半也是辦得到的。當然了，七大軍團應該也會陸續有人退團，只要吸收這些人，Gallant Haws要成長為橫跨三鷹、杉並、中野的巨大軍團也不是夢想。接任團長的Taupe Cape，肯定也會再像以前那樣拿出幹勁來。

Zelkova先遲疑了一會兒，接著在人如其名，身披灰紫色斗蓬型裝假的Taupe肩上拍了拍。

「妳看，第二階段差不多要開始啦。我們是遠程攻擊組，所以危險比較少，但相對的，能打出的傷害量是近戰組比較有利。我們得努力消滅特斯卡的血條，多賺些點數才行。」

「嗯。」

Taupe以終於恢復力道的聲調應聲後，用她小小的拳頭在Zelkova的右側腹上輕輕一頂。

「學長……我是說Zel，你也不要得意忘形，太靠近了啊。」

「這我知道。」

當Zelkova發出苦笑，增幅過的指揮喊聲，迴盪在林立的高層大樓間。

「六十秒後開始進入第二階段！第二集團、第三集團、第四集團各就各位，等待倒數！」

「好，我們上吧！」

Zelkova Verger和Taupe Cape相視點頭，為了從屋頂下去，跳向了設置在屋頂的無數繩索之一。

他們調節握力，往一百公尺下方結冰的水面垂降。視線微微往東轉動，看見受困的特斯卡特利波卡已經連後腦杓都被雪白的冰霜覆蓋住。

根據待命時間中聽到的消息，核心成員們擬定的這場凍結作戰，靈感似乎來自於叛徒Silver Crow所屬的白之王軍團震盪宇宙。今天午後，也不知道震盪宇宙發什麼瘋，在港區戰區內招惹公敵，被立刻飛來的特斯卡特利波卡追著打，弄得醜態畢露。他們在逃走途中，將特斯卡引到芝浦附近的運河，以必殺技凍結海水來絆住敵人的腳步，而這個情形就被Exercitus的偵察隊看得清清楚楚。

如果只是讓略高於腳踝的高度被冰困住，就能夠延緩其移動，那麼如果把脖子以下都沉入冰塊裡完全凍結，是不是連攻擊能力也幾乎都能完全封住——即使這樣的點子任誰都想得到，但要付諸實行就不是易事。聽說核心成員之中，扮演了最核心角色的，就是以這池袋為大本營的Nightowls，應該可以視為他們的實力已經比肩七大軍團了吧。

唯一令他在意的，就是以板橋戰區為據點的中階軍團「Helix」，既不參加本次作戰，也不參加Exercitus。

他們的團員人數應該和Nightowls大同小異，而且聽說團長「Beryllium Coil」實力相當堅強，所以本來還以為他們當然會參加……Zelkova Verger先想到這裡，然後「哼」了一聲。這些人終究只是和練馬戰區的日珥，打著已經混熟的領土戰爭還一直打輸的玩樂派玩家吧。即使參加作戰，想也知道這些人只會礙手礙腳。既然想選和諸王軍團一起衰退的路，就隨他們去吧。

緊接著，雙腳碰上了堅硬的冰。

晚了一步，Taupe Cape也從身旁的繩索垂降下來。其他軍團團員由於能力性質問題，布署在Sunshine 60，但他們應該也已經在同樣的時間點垂降下來。

「怎麼辦？要找到吉姆他們會合嗎？」

Zelkova小聲問起，Taupe Cape迅速搖了搖頭。

「不了，吉姆他們是近戰型，就算會合了也馬上就要分開，就我們兩個人加油吧。」

「也對……等等，再拖拖拉拉，好位置就要被搶光啦。我們走。」

「嗯。」

兩人相視點頭，同時跑了起來。

事前的簡報中，提到結冰的落腳處是愈外圍愈薄，所以如果奔跑動作太粗暴，冰有可能會破，但腳下傳來的感覺遠比想像中牢固。多半是第一集團的冰攻擊手們拚命為他們強化了落腳處吧。

特斯卡特利波卡被困在隔著兩條大馬路，在現實世界中是學校運動場的地方。當然無論道路還是建築物，都被沉入「大海」空間的水中，如今那兒只看得到一座直徑長達兩百公尺的純白競技場。

右側傳來盛大的喊聲，轉頭一瞥，看見從Sunshine 60垂降下來的一百數十人正一起飛奔。

Zelkova他們也不認輸地呼喊：

「唔喔喔喔喔喔喔——！」

去路上，看見一群用光了必殺技計量表的冰攻擊手，朝他們揮手送來聲援。

「拜託你們啦——！」

「給他轟下去——！」

交錯之際，回喊著：「包在我身上！」繼續往前跑。

離特斯卡特利波卡已經不到三十公尺。從冰面上突出的肩膀與頭部，就像小山那麼巨大。

「倒數二十……十九……十八……」

指揮聲再度響徹四周。Zelkova與Taupe磨得冰面嗤嗤作響來煞車，搶占特斯卡特利波卡正後方二十公尺的最佳位置後，等待開始攻擊的信號。

巨人的攻擊力雖然驚人，但模式很單純。除去拳打腳踢等物理攻擊，就只有從右手發出的重力攻擊、左手發出的火球攻擊，以及從嘴放射的衝擊波。

右手與左手已經完全被冰封住，所以要注意的只剩衝擊波，但這也靠著偵查隊的努力查出了有效範圍。儘管射程往顏面前方長達一百公尺，但往左右則只有三十公尺，往後方只有二十公尺。也就是說，除非特斯卡特利波卡能轉頭，否則Zolkova與Taupe所在的地點就是安全地帶。排列在左右兩側的超頻連線者，也搶占了剛好不會進入衝擊波射程的位置，排成了平滑的二次曲線。

「十二……十一……十……」

Zelkova一邊聽著倒數讀秒，一邊在原地蹲下，右手按住了冰面。

必殺技計量表當然事先就已經集滿。首先讓十發「圓錐破敵鑽」全部命中，對從Ecomusee Town觀察戰況的團長們展示自己的存在感。

「九……八……七……」

「……Zel。」

忽然間，Taupe Cape輕聲叫了他一聲。

離開始攻擊都只剩六秒了，是有什麼事……Zelkova一邊這麼想，一邊朝身旁看去，隨即順著Taupe的視線，低頭看向腳下的冰。

又暗，又紅——是光。厚實的冰面底下，發出血一般深紅色的光芒。

忽然間，身後不遠處傳來噗咻一聲響。右邊，左邊，也陸續發出同樣的聲響。

當Zelkova Verger抬起頭，他看見的是從冰面上開出的大洞所噴出的純白蒸汽。

倒數讀秒還在繼續，但四周已經發出大惑不解的聲音。結冰的落腳處大幅度搖晃，縱橫竄出無數裂痕。

深紅色的光芒急速接近。這光……不是普通的光。是超高溫的火焰。

「學長！」

Taupe發出哀嚎似的喊聲。

Zelkova伸出從冰面拔出的右手，忘我地握住了Taupe的左手。

緊接著，紅色的光淹沒了視野。

13

「好啦，趕快趕快趕快趕快！」

在這樣的喊聲中，春雪被人從背後用力推著，一邊在走廊上小跑步前進，一邊呼喊：

「好啦好啦，不要推我啦！」

「趕～～快～～啦！」

這個根本不聽他說話的，就是他的兒時玩伴倉嶋千百合。

隔了三天之後傳來的聯絡，是在晚上八點多。到頭來春雪並未動用超頻連線，就做完了當天該做的進度，並請謠、玲那、仁子與佳央，透過潛行交談的方式告知小咕的情形，最後終於要聯絡Snow Fairy……但才剛動念，就收到了千百合寄來的郵件。

內文只有一行「我帶飯去給你」。正煩惱著她這意思是在生氣還是不生氣，門鈴已經響起，於是春雪戰戰兢兢地打開玄關門一看，滿口只說著「趕快」的千百合就跑了進來。

春雪被她推著回到客廳，先衝刺拉開與千百合的距離，然後才轉身大喊：

「妳一直說趕快趕快，到底要趕什麼啦！」

「這個！」

千百合從褲裙口袋裡拖出來的，是兩條XSB傳輸線。

「咦……要……要直連？」

「才～不～是！小春你也趕快坐下，把神經連結裝置連上家用伺服器！斷線時間……三十秒就可以了。」

聽到她這麼說，春雪才總算理解到，千百合是打算跟他一起潛行到無限制中立空間。然而春雪還是不知道她的目的，而且最重要的是──

「咦……飯呢？」

春雪指著千百合提在左手上的那個鼓脹得令人覺得十分靠得住的托特包，但得到的回答很明快：

「潛行完再說！就說已經沒有時間了啦！」

「好……好啦。」

春雪想到看來事態非比尋常，接下千百合遞出的線，坐到沙發上。他把線的一端插頭接到自己的神經連結裝置上，另一端接到裝設在矮桌側面的家用伺服器接線用插孔上，將自動斷線計時器設定在三十秒後，朝身旁瞥了一眼。

他對千百合也有很多話非說不可。轉投白之團、收到她問起這件事的郵件卻沒能回覆，以及自己開始和黑雪公主交往的事。
然而現在，要先處理千百合的事。
「讀秒。2、1……」
在春雪的倒數下，兩人一起喊出：
「「無限超頻！」」

今天第二次來到的無限制中立空間，是有著乾燥的風呼嘯的「荒野」空間。
建築物全都變成實心的岩石，所以兩人出現的位置，是在一塊形狀與高度都和現實世界中的公寓大樓幾乎完全一樣的巨岩頂端。
「……那，妳為什麼這麼急啦？」
春雪再次這麼問起，千百合——「時鐘魔女（Watch Witch）」Lime Bell就讓鮮綠色的尖帽一歪，回答：
「呃……我有個朋友參加西東京的『Ovest』……」
「咦，是喔？」
「也不用那麼驚訝吧？」
聽她這麼一說，就覺得沒錯。千百合作為拓武的「下輩」而成為超頻連線者以來，已經過了三個月以上。有這麼多時間，會建立起春雪不知道的人際關係，也完全不是什麼不可思議的事。

「說……說得也是。順便問一下，是怎樣的人……」

「一個叫『Cotton Marten』的女生。她在今天六點半左右發來了郵件，但該說讓人抓不到重點嗎……說是接下來要在無限制中立空間的池袋進行祕密的作戰，她不想去，但非去不可，所以如果到了八點還沒收到聯絡，就請我去找她。」

「作戰……？什麼樣的作戰？」

聽春雪問起，千百合眨了眨圓圓的鏡頭眼。

「我也這麼想，所以立刻回信去問，但之後她就一直沒有聯絡。我猶豫著該怎麼辦，結果就到了八點，可是我又想到一個人過去可能不太妙，所以……對不起喔，把你牽連進來。」

「不，找我一起來是對的。搞不好這件事跟Exercitus有關。」

「Exer……？什麼東西？」

「晚點再跟妳解釋。我們得先累積必殺技計量表。」

「嗯。」

兩人相視點頭，開始就近找到岩石就打碎。

進行這種作業的時候，春雪也拚命在思考。

在Highest Level遭遇到的白之王，提起今天發足的Exercitus核心軍團時，確實也提到了

Ovest這個團名。而Exercitus。而Exercitus已經派出偵查隊緊跟特斯卡特利波卡。把這些事實，和Cotton Marten的郵件中提到的「祕密作戰」這個字眼加在一起，讓他得出一個答案。

搞不好，Exercitus在發足的當天晚上，就已經著手攻略特斯卡特利波卡？如果攻略作戰成功，Cotton Marten應該已經聯絡千百合。而沒有收到聯絡，也就表示……

即使作戰是在七點開始，現在已經八點。現實世界的一小時，在無限制中立空間就是一千小時，也就是四十一天又十六小時。

春雪按捺住不安，踢碎了第十幾塊岩石後，必殺技計量表已經集滿。他趕緊跑向千百合，對她呼喊：

「我這邊ＯＫ了！妳呢？」

「這樣就……滿了！」

千百合以左手的強化外裝「聖歌搖鈴（Choir Chime）」將一塊巨大的岩石打得粉碎後，迅速轉過身來，朝春雪一跳。

「喔……」

春雪趕緊將她橫抱住，張開背上的翅膀。想了一想，仰望著淡黃色的天空，唸出語音指令：

「著裝，梅丹佐之翼（Metatron Wing）。」

空中降下一道純白色的光，凝聚在Silver Crow背上，形成新的翅膀。只要有大天使梅丹佐賜予他的這副翅膀，就能大幅提昇飛行速度和飛行時間。平常他盡可能不動用，但這種狀況下應該可以用吧。

「要飛了。」

「麻煩你了！」

春雪一聽見千百合的回答，就蹬地起飛。

從住家所在的大樓到池袋，要朝東北東方向飛上約六公里的距離。

半年前發生第五代Chrome Disaster事件時，春雪也以同樣的路線飛到池袋。儘管也是因為也是因為當時右手抱著黑雪公主，左手抱著仁子，還有拓武抓住他的雙腳，但記得花了十分鐘以上。

但如果是現在。

春雪以五十％左右的出力，振動自己的翅膀與梅丹佐之翼。即使如此，虛擬角色仍以像是從大砲發射似的勢頭加速，短短幾十秒內就飛越中野區，進入了豐島區。

越過在「荒野」空間中仍表現為巨大峽谷的山手線，以及變化為細長岩山的ＪＲ高架鐵道，就在去路上看見兩座高聳的岩山。

左邊是Sunshine 60，右邊是豐島Ecomusee Town。這兩者之間，有著一個緩緩蠢動的巨大影子——

「小春……！」

抱在懷裡的千百合發出哀嚎般的驚呼，幾乎就在同時。

「吼啊啊啊啊啊！」以前也曾聽過的一陣地鳴般的怒吼聲迴盪四周。

明明還離了一公里以上，但在空氣中傳播的衝擊波，仍撼動了春雪的身體。他一邊減速一邊右轉，循著將Ecomusee Town大樓隔在中間的路線，小心翼翼地接近。

「……要降落了！」

春雪小聲說完後，切斷翅膀的推力，以滑翔方式落到Ecomusee Town的屋頂上。最後微微加上逆向推進力，輕飄飄地著地。他先讓千百合站好，交換了眼神後，彎下腰朝著屋頂邊緣前進。

即使變化為岩山，邊緣仍有矮牆狀的岩壁。春雪先在矮牆內側躲好，然後小心翼翼地探頭，俯瞰地面。

即使從高度將近兩百公尺的Ecomusee Town上看去，仍然巨大得無以復加。缺乏起伏的紅黑色身軀。長得異樣的雙手。沒有臉的頭。

末日之神，特斯卡特利波卡。

春雪等人無聲地觀望下，巨人高高抬起右腳，朝紅褐色的大地重重放下。

轟一聲地震似的衝擊傳開，Ecomusee Town震動連連。

接著春雪看見了。看見巨人的腳下，五顏六色的閃光接連亮起，隨即消失。

「……那是……」

才剛喃喃說完，就聽到些微的聲響，不，是說話的聲音。那是充滿了絕望的──哀嚎。

那些光，是對戰虛擬角色的死亡特效。

「小春……那個……」

千百合以顫抖的嗓音輕聲說話。同時春雪也注意到了。

落在高層大樓群陰影下的特斯卡特利波卡腳下，有著無數光點無力地搖動。數量多達一百個以上。

「那些，全都是……死亡標記……？」

春雪正要點頭回應千百合的問題，卻先全身戰慄。

一百這個數字固然也很駭人。然而白之王說過，說有多達五百人以上的超頻連線者參加了Exercitus。

既然如此，被召集參加特斯卡特利波卡攻略作戰的人數，沒道理只有一百人。算上4級以上的所有成員，多的話可能有個三百人左右參加。

即使組成人數如此眾多的大軍，仍然沒能打贏末日神。想來多半是一瞬間就全軍覆沒，三百人全都變成了死亡標記。

接著他們在這長達一千小時的時間裡，反覆復活與死亡。這多半是整個加速世界都史無前例的，有著壓倒性規模的無限ＥＫ。

搞不好，就在那地方，有著多達一兩百名超頻連線者，已經點數全失而退場。

「…………為什麼……！」

春雪將雙拳握緊到極限，發出破裂的說話聲。

既然一直在偵察，應該知道特斯卡特利波卡是個令人束手無策的對手。明知如此，為什麼？

就在眼底下，靜止了一會兒的巨人又動了起來。巨人伸出左手，朝向有死亡標記密集的地方。巨大的手掌上，浮現發出白光的同心圓。七重、八重、九重同心圓重合的瞬間，同心圓發出深紅色的光芒。

緊接著，多達二十名以上的超頻連線者一口氣復活了。

同時，特斯卡特利波卡的手掌發射出巨大的火球。是殲滅攻擊「第九月」。

火球命中地面後，一邊翻騰一邊脹大，引發了春雪在加速世界中見過無疑是最大規模的爆炸。火焰直達Ecomusee Town的中段，在巨響聲中劇烈撼動岩山。

復活的超頻連線者全都不堪一擊，在火焰中當場斃命。

其中兩人不是化為死亡標記，而是分解為無數絲帶，往空中飛升。他們就在剛剛，失去了所有超頻點數，離開了加速世界。

「……不要……不要啊……！」

千百合發出細小的啜泣聲。春雪攤開握住的左手，用力抓住千百合的右手。

他想設法救出尚未點數全失的一百人。但無論怎麼想，都想不到方法。無論春雪還是千百合，一旦從岩山下去，接近特斯卡特利波卡，就會被某種攻擊捲入而瞬間斃命，加入死亡標記的行列。

他也想過先超頻登出，能找多少人就找多少人來，但即使能在十分鐘內做完準備，這邊也已經過了一百六十小時。到時候相信還剩下的一百人，也幾乎都會在這段時間裡點數全失，而且救援隊也很可能走上同樣的命運。

即使聚集了幾百名超頻連線者，無論如何絞盡智慧與勇氣，都完全奈何不了，是不折不扣的末日之神。而將這末日神解放到這個世界的人，就是春雪。

——對不起。

——對不起。

——對不起。

他鏡頭眼滲出眼淚，一邊一心一意地暗自反覆說著這句話，一邊觀望，結果看見巨人又有了動作。

巨人將那只有一張洞窟般大嘴的臉孔，緩緩朝向天空。然後，發出一陣又長又深沉的，地鳴聲似的巨響。

吼　喔　喔　喔　喔　喔　喔——………

但這喊聲中，卻並未帶有先前那種殺戮的慾望。聽來反而像是心滿意足的高歌。

忽然間。

特斯卡特利波卡的全身，竄出無數裂痕。

巨人的身體停下了動作，漸漸失去紅褐色的色彩。從化為無光澤漆黑岩石的部分開始陸續崩落，落到地上。

「咦……是……是怎麼了……？」

千百合輕聲驚呼，春雪除了微微搖頭，什麼也回答不了。

巨人真的滿足了？只讓一兩百個超頻連線者點數全失，就結束了任務，要就此消滅？

怎麼想都不覺得會發生這麼好的事，但特斯卡特利波卡的崩毀並不停止。頭部已經完全缺損，等毀壞達到肩膀，兩隻手就與身體分開而落下。造成了大量破壞的右手與左手，重重撞上地面，輕而易舉地摔得粉碎。

軀幹的崩毀也從脖子進行到胸部。巨人的腳下，有著幾名在這期間復活的超頻連線者，他們也不閃躲灑落的岩石，茫然抬頭往上看。

隨後當崩毀從胸部達到腹部時。

毀壞面上竄出的無數裂痕底下，迸出了深紅色的光。

隨著岩塊逐漸崩落，光的本體也漸漸外露。不是公敵，也不是虛擬寶物。是個有著紅色的光緩緩翻騰的，沒有實體的橢圓形物件。

「……傳送門……？」

千百合喃喃說起。看在春雪眼裡，也覺得只可能是傳送門，但設置在無限制中立空間各處的傳送門，應該沒有例外，都是藍色。

特斯卡特利波卡的崩毀，在達到腹部中央——傳送門下端時，停了下來。

緊接著，發生了更加未知的現象。

「荒野」空間裡淡黃色的天空，被與這神祕傳送門同色的巨大六邊形掩蓋住。所有的六邊形，都以粗獷的字形刻上【WARNING】七個字母。

深紅色的六邊形，從北邊的地平線一路覆蓋到南邊的水平線，只花了短短五六秒。

不可能就這麼結束。接下來要發生的事，才是這個現象的最高潮。

春雪有了這樣的確信，將視線從染成深紅色的天空，拉回到只剩一半的特斯卡特利波卡身上發光的傳送門。

翻騰的光芒中……有些東西滑了出來。

是腳。接著是手。再來是身體。

大小與春雪等人幾乎沒什麼兩樣的人物，就要從傳送門的另一頭，出現到這個世界。

這一瞬間，春雪恍然大悟。

巫祖公主鉢里預告過，特斯卡特利波卡體內有著傳送門存在。那不是引導春雪等人進入禁城或其他地方的入口。

正好相反。是用來將其他人物，從未知的世界送來加速世界的出口。

當這個人物完全出了傳送門，立刻又有新的人影出現。

第三人。第四人。還再繼續出現。

所有人顯然都不是對戰虛擬角色。他們身上既沒有極具特色的半透明裝甲，也沒有面罩，沒有鏡頭眼。

最先出現的第一個人，看上去幾乎就是血肉之軀的人。看起來是男子，他有著一頭長髮，不怎麼高大但強壯的身體，穿著紅色的緊身衣。

第二人則大異其趣，身材高大，而且全身有著機器人一般的金屬裝甲，臉上有著三個鏡頭眼發出白銀色的光。

第三人是女性。苗條得驚人的身體，穿著黑色禮服，頭上戴著像是魔女會戴的尖帽，右手拿著長長的法杖。

第四人、第五人，在外表上也都完全沒有統一感。感覺就像每個人都來自不同的世界，沒有任何共通點——

不對，不是這樣。陸續排列在第一人左右的他們，在造型上完全沒有共通點，卻在在令人感受到他們是根據同一個觀念創造出來。這個觀念就是……

變身英雄。

也就是所謂的超級英雄。

第八人、第九人，到了第十人，傳送門終於不再有人湧出。

在崩落的特斯卡特利波卡腹部上，被割裂成六邊形的天空下，英雄們一字排開。

排在隊伍右側，戴著遮住整張臉的藍色面具，體格較小的一人，睥睨著在地上不發一語，仰頭看過來的超頻連線者們，以宏亮的嗓音說：

「撐了足足八年，面孔還挺有看頭……我是很想這麼說，但根本看不到面孔嘛。」

「你沒資格說別人吧。」

吐嘈的是戴著尖帽的魔女。仔細一看，她的腳微微騰空。

藍面具朝她一瞥，有點裝模作樣地聳了聳肩膀。

「有什麼辦法？英雄的王道就是面具超人啊。所以呢……你們幾個，給我聽好了！」

藍面具對將近五十公尺的高度也不顯得畏懼，從邊緣大大探出上半身，朝著Exercitus的生存者們高聲宣告：

「試作第二號，就在今天結束服務！想消失的傢伙儘管消失，還想賴著不走的傢伙，就由我們送你們上路……這個遊戲的正式版本，名稱就叫做『Dread Drive 2047』！」

（待續）

後記

非常感謝各位讀者看完《加速世界》第26集〈裂天征服者〉。

總覺得這陣子每集的後記都是從道歉開始，這次的刊行更造成了過往最大規模的延期，讓我GIGA過意不去！本來照計畫是能夠再早一點呈現在各位讀者面前，但二〇二一年八月到九月這段時間我健康狀況欠佳，之後也遲遲找不回執筆作業的感覺，導致行程延遲。寫這份後記的二〇二二年一月，已經幾乎完全復原，所以今年我會好好努力的！

（以下將深度提到本篇劇情，還請尚未看完的讀者注意！）

上一集的後記中，我寫到按照計畫，〈白之團篇〉將在第25集告一段落，〈第七神器篇〉將從第26集開始……但就寫下的內容而言，反而會讓人覺得從這一集開始才是白團篇吧？第七神器TFL也都只有名字出現。不過，現實世界的「七矮星」寫起來讓我非常開心。很遺憾的，沒能讓White Cosmos黑羽苑珠在現實中登場，但如果春雪有機會再度去到聖永恆女子學院國中科的學生會室，到時候……我有這樣的預感。

在這邊註解一下，永女國中科學生會，是由Cypress Realer鷺洲愛里擔任副會長，Rose Milady越賀莟擔任會計，Snow Fairy約赫爾特七七子擔任書記，這樣看下來，就會覺得會長一定是Cosmos，但她是高中科一年級生，所以國中科的學生會長一職是由另一個人物擔任。下一集中這個人物也預計登場，敬請期待！

本集中不但揭曉了白之王的本名，還揭曉了其妹黑之王黑雪公主的本名就是「黑羽早雪」呢。只是話說回來，春雪在第一集的最後就聽她說過，而且稱黑雪公主為「小早」的楓子，稱之為「早早」的謠、稱她為「早」的晶，當然也都已經知道……黑雪公主對早雪這個名字做出「很中意」的發言，但仍然動用SSS指令改寫認證名牌的理由，則和母親出身的神邑家有關。這部分的詳情，我是希望能在下一集以後說得更詳細一點。（註：原譯為「小幸」、「幸幸」、「幸」，自本集起統一變更為「小早」、「早早」、「早」）

還有就是……這一集的最後，在加速世界中，不，應該說是進攻過來的人們，也得提一下才行吧。我想應該有讀者還記得上一集中，春雪試圖擺脫Snow Fairy的窒息攻擊時，知覺到有著「一個雖然很小，卻非常有活動力的全新的世界」存在，這個繼AA2038、BB2039、CC2040之後的第四個世界，就是「Dread Drive 2047」。Dread是「可怕的」，Drive是「進擊」的意思，但這遊戲名所指向的，是春雪等人所在的BB世界，還是……希望這個部分也能讓各位讀者感到期待。

寫到這裡，已經超過了平常後記的對開兩頁篇幅，所以所以就在這邊先整理一下從三個變成四個遊戲的開始年份，以及黑雪公主他們的年齡。

■二〇三一年九月　神經連結裝置開始上市
■二〇三一年十二月　黑羽苑珠誕生
■二〇三二年九月　黑羽早雪誕生
■二〇三三年四月　有田春雪誕生
■二〇三八年四月　Accel Assault 2038程式配發
配發對象為一百名該月入學的國小一年級生（二〇三一年四月～二〇三二年三月出生）（originator）
■二〇三九年四月　Brain Burst 2039程式配發
配發對象為一百名該月入學的國小一年級生（二〇三二年四月～二〇三三年三月出生）
■二〇四〇年四月　Cosmos Corrupt 2040程式配發
配發對象為一百名該月入學的國小一年級生（二〇三三年四月～二〇三四年三月出生）
■二〇四七年？月　Dread Drive 2047程式配發
配發對象不詳

……差不多就是這樣，但這一集以後，這部分的時間軸就會變得有點重要，所以我想如果各位讀者能把這些稍微記在腦中的角落，就能更順利地理解故事。而我也會努力在大家的記憶淡去之前，將第27集呈現在各位讀者眼前！

有一件和時間軸有關的事，非對大家道歉不可。

二〇一六年在電影院上映的OVA《加速世界 Infinite 8 BURST》（以下簡稱IB）在製作大綱時，是有著遲早要跟原作會合的打算來組時程表，但本集終於追上了IB的作中時間。具體來說，IB的女主角月折里沙因為比賽中的事故而陷入昏睡狀態，是在七月二十一日（這件事在第22集〈絕焰太陽神〉當中有提及），而加速世界中發生「暗雲」，是在一週後的二十七日，但在那天之前，特斯卡特利波卡的事情並未解決……對於期待里沙再度登場的讀者很過意不去，但原作的時間軸多半是會和IB錯開一週左右（大概）了。不過說起來OVA本篇和特典小說（〈無限跳躍〉、〈回歸永遠〉），各方面的狀況都已經與原作產生相當大的差異，現在才說這個不免為時已晚，總之按照計畫，里沙和倪克斯會好好趕上劇情最高潮來會合，還請各位讀者再等一陣子！

……竟然又用掉了對開的兩頁篇幅，所以我再寫兩頁。

從《加速世界》在電擊文庫開始刊行以來，今年已經是第十三年（從網路上連載的《超絕加速BURST LINKER》算起，就是第十五年），我愈來愈覺得自己對社會結構改變與科學技術進步的預測沒怎麼猜中（笑）。就在這樣的情勢下，今年（二〇二二年）四月，成人年齡已經從二十歲下修到十八歲，其中提到的「促使年輕人積極參加社會」這個理由，就讓我想了很多。

我認為這說穿了就是想增加納稅人，但二〇一〇年刊行的第六集就有這樣一段內文。「二〇四〇年代的日本由於生育率極度低落，已經面臨社會福利體系崩潰的邊緣。因此，可以推知政府有意透過降低以駕照為代表的各種證照考取年齡限制，藉此增加可以工作的年輕世代人數」，寫到這個的時候，我還以為「實際上應該不會演變成這種情形吧」，但看現在透出的氛圍，就覺得照這樣下去，真的會演變成這種情形呢。我是個屬於超級未定型認同的人，無論學生時代還是畢業後，都老是在看動畫、看漫畫、打遊戲，也可以說就是因為這樣，我才能當輕小說作家，所以社會變得從更早期就要求年輕人勞動，會讓我不知道該說是遺憾，還是身為成年人的一員有些無地自容。今後我也打算繼續努力，希望至少能送上讓各位讀者無論在學，還是成為社會人之後，都看得開心的故事。

說到這裡，該進入慣例的近況單元了，可是……我在二〇二〇年七月所寫的上一集後記裡說：「我想生活要完全恢復到疫情前的情形，眼前搞不好甚至永遠都不會實現啊。」而寫本篇後記的二〇二二年一月現在，新冠疫情依然處於完全看不到出口的狀態。當然了，我也無法回到在家庭餐廳寫稿的作業方式，勉力在自己家與職場寫稿子。對環境是已經比上一集那陣子習慣了幾分，作業的檔次也是只要努力就打得到五檔了，但沒有飲料吧，以及寫完進度時沒辦法點個甜點來犒賞自己，真的是非常無味啊！我想各位讀者也都正在面對各式各樣的困難，如果能從本書補給克服困難所需的能量，那就太令人欣慰了。

最後，我要對因為連續調整行程而受到困擾的插畫家ＨＩＭＡ老師、責任編輯三木氏與安達氏，表達由衷的感謝。我們下一集再會吧。

二〇二二年一月某日　川原　礫

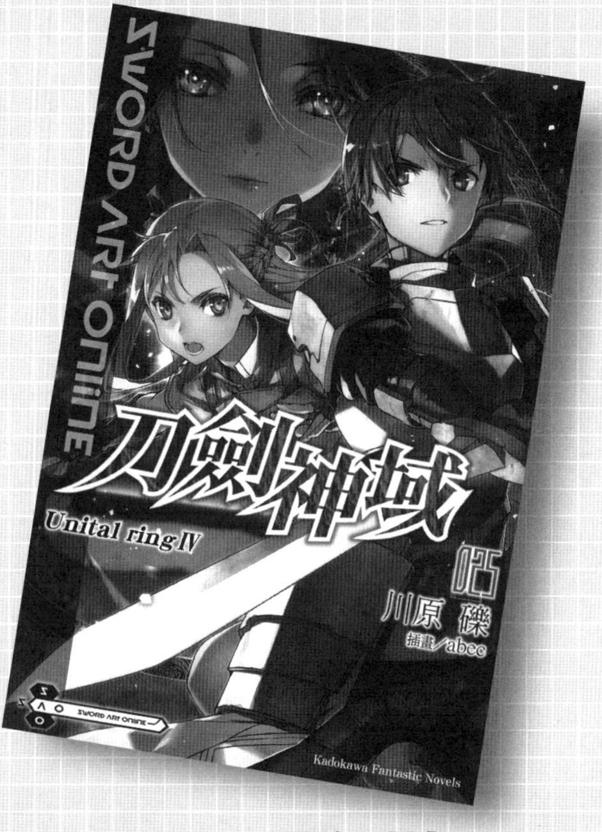

Sword Art Online刀劍神域 1~25 待續

Kadokawa Fantastic Novels

作者：川原 礫　插畫：abec

兩個虛擬世界同時變異！
「Underworld」再次出現動亂的預兆！

邂逅與亡友有著同樣眼睛與聲音，臉上戴著面具的耶歐萊茵帶給桐人很大的衝擊。而在「Unital ring」裡，與姆塔席娜的決戰也迫在眉梢。她率領的是被恐怖窒息魔法拘束，多達百人的大部隊。迎擊的桐人陣營，為了顛覆壓倒性的劣勢而擬定策略——

各 **NT$190~260/HK$50~75**

國家圖書館出版品預行編目資料

加速世界. 26, 裂天征服者/川原礫作；邱鍾仁譯. --
初版. -- 臺北市：臺灣角川股份有限公司, 2022.10
面；　公分. -- (Kadokawa fantastic novels)

譯自：アクセル・ワールド. 26, 裂天の征服者
ISBN 978-626-321-850-5(平裝)

861.57　　　　　　　　　　111013096

Kadokawa
Fantastic
Novels

加速世界 26
裂天征服者

（原著名：アクセル・ワールド 26　─裂天の征服者─）

2022年10月11日　初版第1刷發行
2024年4月25日　初版第2刷發行

作　　者：川原 礫
插　　畫：HIMA
日版設計：BEE-PEE
譯　　者：邱鍾仁

發 行 人：台灣角川股份有限公司
總　　監：呂慧君
總 編 輯：蔡佩芬、朱哲成
主　　編：林秀儒
設計指導：陳晞叡
美術設計：吳佳昫
印　　務：李明修（主任）、張加恩（主任）、張凱棋、潘尚琪

發 行 所：台灣角川股份有限公司
地　　址：104台北市中山區松江路223號3樓
電　　話：（02）2515-3000
傳　　真：（02）2515-0033
網　　址：www.kadokawa.com.tw
劃撥帳戶：台灣角川股份有限公司
劃撥帳號：19487412
法律顧問：有澤法律事務所
製　　版：尚騰印刷事業有限公司
ISBN：978-626-321-850-5